수학탐정단과
방정식의 개념

KB142458

수학탐정단과 방정식의 개념

청소년 수학소설 십대들의 힐링캠프, 중학수학(2학년 1학기)

[십대들의 힐링캠프®] 시리즈 NO.45

지은이 ㅣ 박기복
발행인 ㅣ 김경아

2022년 4월 21일 1판 1쇄 인쇄
2022년 4월 28일 1판 1쇄 발행

이 책을 만든 사람들
책임 기획 ㅣ 김경아
기획 ㅣ 김효정
북 디자인 ㅣ KHJ북디자인
표지 삽화 ㅣ 발라
교정 교열 ㅣ 좋은글
경영 지원 ㅣ 홍종남

이 책을 함께 만든 사람들
종이 ㅣ 제이피씨 정동수·정충엽
제작 및 인쇄 ㅣ 천일문화사 유재상

청소년 기획위원
정가인, 양태훈, 양재욱

출간 전 베타테스터
김서진(호명중학교 3학년)

펴낸곳 ㅣ 행복한나무
출판등록 ㅣ 2007년 3월 7일. 제 2007-5호
주소 ㅣ 경기도 남양주시 도농로 34, 301동 301호(다산동, 플루리움)
전화 ㅣ 02) 322-3856 팩스 ㅣ 02) 322-3857
홈페이지 ㅣ www.ihappytree.com
도서 문의(출판사 e-mail) ㅣ e21chope@daum.net
내용 문의(지은이 e-mail) ㅣ yesreading@gmail.com
※ 이 책을 읽다가 궁금한 점이 있을 때는 지은이 e-mail을 이용해 주세요.

ⓒ 박기복, 2022
ISBN 979-11-88758-46-3
"행복한나무" 도서번호 : 147

수학탐정단과

방정식의 개념

3

$ax+by=c$

|박기복 지음|

설정 해설

이 소설은 수학탐정단 시리즈 2권(중1-2) 『수학탐정단과 도형의 개념』에서
이어지는 이야기입니다.

이 소설은 현실 세계가 아니라 메타버스 세계를 배경으로 펼쳐진다.
메타버스(*metaverse*)는 '더 높은', '초월한'을 뜻하는 메타(*Meta*)와 '우
주', '경험 세계'를 뜻하는 유니버스(*Universe*)가 더해진 말로, 가상과 현
실이 뒤섞인 디지털 세계, 새로운 세계를 뜻한다. 메타버스를 한마디로
정의하면 '아바타(*Avatar*)'로 사는 세상이다.

아바타(*Avatar*)는 원래 힌두교에서 지상에 내려온 신의 분신을 뜻하는 용어다. 인터넷에서는 본인이 아닌 분신을 지칭하는 용어로 쓴다. 넓게 보면 인터넷에서 사용하는 별칭, *SNS* 등에서 자신을 나타내는 데 쓰는 사진, 게임에서 사용하는 캐릭터 등도 모두 아바타다.

소설 속 아바타는 현실 인간과 신경연결망을 통해 이어진다. 신경연결망은 아바타를 조종하는 현실 사람과 메타버스에서 움직이는 아바타를 연결하는 전자장치다. 아바타가 느끼는 감각을 실제 현실에서도 그대로 느끼게 하며, 현실 사람이 표현하는 감정과 동작을 아바타에 그대로 전한다. 감각이 결합하는 정도는 사용자가 자유롭게 설정할 수 있다.

아바타는 현실에 사는 사람과 마찬가지로 일정한 힘을 계속 충전해야한다. 아바타를 유지해 주는 힘을 지칭하는 용어가 '알짜힘'이다. 알짜힘이 사라지면 메타버스에 사는 아바타가 소멸하고, 아바타가 찬 아이템팔찌에 보관된 아이템도 같이 소멸한다. 별도의 개인보관함에 둔 아이템은 사라지지 않는다. 다시 로그인을 하면 메타버스에 같은 아바타로 접속이 가능하며, 개인보관함에 있는 아이템으로 꾸미기가 가능하다. 아바타가 소멸되지 않게 하려면 줄어든 알짜힘을 회복하게 해 주는 생체물약을 복용해야 한다.

차례

등장인물 소개

※ 모든 등장인물 이름은 메타버스 안에서 쓰는 별칭이다.

수학탐정단 연산균, 고난도, 황금비, 미지수지, 나우스가 단원이며, 연산균이 모둠장이다. 메타버스 안에서 벌어지는 수상한 음모를 수학으로 파헤친다.

고난도 희귀한 아이템을 즐겨 모으는 수집광이다. 관찰력이 매우 뛰어나고, 한정판이 걸리면 능력치가 한없이 올라가 평소에 못 했던 일들도 손쉽게 해낸다.

황금비 한때 전투행성에서 유명했던 최강 전사다. 특별한 사건을 겪은 뒤 잠시 청소년 구역에서 평범하게 지내는 중이다. 사건이 터지자 최강 전사로서 실력을 서서히 발휘한다.

연산균 수학탐정단을 이끄는 모둠장이다. 모자를 좋아해서 다양한 모자를 수집하고, 늘 모자를 쓰고 다닌다. 마음씨는 착하지만 소심하고 눈치를 많이 본다.

미지수지   모델처럼 외모를 독특하게 꾸미길 좋아한다. 남들 눈치를 보지 않고 자기 색깔을 고집하며 손에는 늘 거울을 들고 다닌다.

나우스   새로운 아이템으로 아바타 외모를 끊임없이 바꿔나가는 걸 좋아한다. 실력을 제대로 선보인 적은 없지만 대단한 실력자로 평가받는다.

비례요정   연산균 일행과 사사건건 부딪치는 정체를 모를 여성 아바타다. 팔다리가 길고 키가 큰 팔등신 몸매인데, 립스틱으로 입술 모양을 그린 마스크를 늘 쓰고 다닌다.

너클리드   비례요정과 함께 나타나는 수상한 남성 아바타다. 몸이 작고 통통하며 늘 복면을 쓰고 두 눈만 내놓고 다닌다.

피타고X   비밀조직을 이끄는 두목을 지칭하는 암호명이다. 실제로 누구인지 아무도 모르며 강력한 비밀 무기를 이용해 거대한 음모를 꾸미고 있다.

제곱복근   흰색 반소매 상의에 검은색 반바지만 입고 다니는 아바타다. 겉모습을 전혀 꾸미지 않고 다니며, 정체도 능력도 미지수다.

01. 안개 미로와 기묘한 순환소수

: 유리수와 순환소수 :

화려한 줄무늬가 바닥을 수놓은 놀이터에는 많은 아바타가 오갔다. 높게 솟은 분수대에서는 음악에 맞춰 물줄기가 춤을 추고, 놀이터 곳곳에는 어린 아바타들이 재미난 장난을 치며 뛰어다녔다. 물결치는 파도와 같은 계단을 타고 오르면 느티나무 그늘 아래에서 한가한 이들이 누워 경치를 구경하고, 예쁜 한옥 담장을 두른 골목이 언덕을 향해 다정하게 어깨동무했다. 고풍스럽고 우아한 정취를 풍기는 골목은 산책하기에 안성맞춤이었다.

골목 끝을 가로막은 담벼락에는 담쟁이덩굴이 빼곡했다. 높은 담벼락 사이로 작은 통로가 뚫려 있는데, 그 통로를 지나면 바닥이 온통 대리석인 공터가 나왔다. 대리석은 색깔과 형태가 다양하고 복잡했다. 색과 형태가 빚어낸 조화가 아름다워서 예술에 안목이 있거나 기하학을 잘 아는 사람이 보면 감탄할 수밖에 없는 바닥이었다. 대리석 공터를 지나면 낮은 담장을 두른 집이 나오는데, 특이하게도 담장이 정오각형 모양이었다. 오각형 면마다 작은 문이 달렸는데, 문에는 묵직한 쇠로 만든 정오각형 손잡이가 달려 있었다. 담장은 특이한데 담장 안에 자리한 집은 메타버스에서 흔하게 접하는 외관이라서 어색한 느낌마저 들었다.

연산균, 나우스, 미지수지는 놀이터에 앉아 골목 안쪽을 힐끗힐끗 살피며 고난도와 황금비를 기다렸다.

나우스	금방 온다더니 왜 이렇게 안 와?
미지수지	자롱이가 쓰는 배터리 형태가 특이해서 조금 시간이 걸린다고 했잖아.
나우스	시간이 너무 오래 걸리니 그렇지.
미지수지	금비가 섣불리 접근하지 말라고 했으니 기다려.

참지 못하고 일어나려던 연산균은 미지수지 눈총을 받고 다시 의자에 앉았다.

| 연산균 | 그나저나 우리가 만든 수학 퍼즐 게임은 확실히 되돌려 받은 거지? |
| 나우스 | 그 도둑 녀석이 우리한테 소유권을 넘기긴 했는데 게임을 이 |

상하게 변형해 버려서 제대로 설치하려면 손을 좀 봐야 해요.

연산균   시간이 얼마나 걸릴까?

나우스   별일 없으면 일주일이면 될 거예요.

연산균   그나저나 게임도 되찾았는데 그만 이런 일에서 손 떼면 안
돼?

미지수지   그게 무슨 소리예요? 수학탐정단이면 탐정단답게 활동해야
지….

연산균   그 이름은 게임 만들어서 팔 때 조금 더 근사해 보이려고 붙
인 거잖아.

미지수지   날 그 꼴로 만든 녀석들을 그대로 두잔 말이에요?

연산균   그건 아니지만….

미지수지가 쌍심지를 켜자 연산균은 재빨리 시선을 돌려 버렸다. 미지수지는 이마를 톡톡 건드리더니 손에 든 거울을 들어 얼굴을 꼼꼼하게 살폈다. 얼굴이 마음에 안 들었는지 아이템팔찌에서 화장품을 꺼낸 뒤에 정성을 들여서 화장을 고쳤다. 화장이 마음에 들었는지 미지수지가 씽긋 웃음을 짓고는 화장품을 아이템팔찌에 다시 넣었다.

미지수지   제 복수 때문에 이러는 것만은 아니에요. 그놈들은 순진한
애들을 꾀어서 도박에 중독되도록 만들고 있어요. 지금, 이
순간에도 얼마나 많은 청소년이 메타버스 안에서 도박에 빠

져드는지 몰라요. 그걸 알고도 모른 척해서는 안 된다고 생각해요.

연산균   그, 그렇긴 하지….

연산균은 머리를 긁적이면서 마지못해 동의했다.

나우스   그나저나 애들은 온다고 한 지가 언젠데 왜 이렇게 안 와?

미지수지   좀 참고 기다려.

나우스   모둠장 님, 우리끼리 갈까요?

미지수지   금비가 기다리라고 신신당부했잖아. 벌써 잊었어?

나우스   언제부터 황금비가 모둠장 노릇을 한 거야? 모둠장은 엄연히 연산균 형이야.

연산균   맞아 맞아. 내가 모둠장이야.

미지수지   내가 뭐래? 같이 움직이는 게 나으니 기다리자는 거지.

나우스   그게 그 말이잖아. 뭐든 모둠장 님 뜻대로 하세요.

연산균   그동안 둘이 앞장서서 고생했으니 이번에는 우리가 나서 보자.

나우스   좋은 결정이세요.

연산균이 모자를 고쳐 쓰며 일어났고, 나우스는 곧바로 몇 걸음 앞장서 움직였다. 미지수지가 말린다고 멈출 상황이 아니었다.

미지수지   마지막으로 한 번만 연락해 보고 움직여요.

연산균   그… 그럴까?

연산균은 또다시 우유부단한 성격을 드러냈다. 나우스는 탐탁하지 않게 여겼지만 미지수지가 이미 통신을 열었기에 어쩔 수 없이 기다렸다.

미지수지   언제쯤… 치지직… 와?

고난도   치지직… 여기… 치직치직….

미지수지   통신 상태가… 치직… 왜… 치지직… 이래?

고난도   전파… 강한… 치지직….

왜 그런지 모르지만 통신 연결이 원활하지 않았다. 미지수지가 일단 통신을 끊은 뒤에 다시 연결했지만, 이번에는 잡음이 더 심해서 목소리조차 들리지 않았다.

나우스   연락도 제대로 안 되잖아. 그 녀석이 말한 시간이 얼마 안 남았어. 모둠장 님, 그냥 가시죠?

연산균   그래. 언제까지 기다릴 수는 없잖아. 이러다 영영 기회를 놓칠지도 몰라.

연산균과 나우스는 미지수지가 동의할 기회도 주지 않고 앞장서서 골목으로 들어갔다. 미지수지는 황금비와 고난도가 올 곳을 잠시 응시하더니 마지못해 몸을 돌렸다. 나우스는 담쟁이덩굴이 무성한 통로 앞에서 잠시 멈추었다. 담쟁이를 손으로 만지며 잠시 관찰하던 나우스는 통로 안으로 그대로 들어가려고 했다.

미지수지   그렇게 막 들어가도 돼?

나우스   카메라도, 적외선 센서도 없어. 그냥 오래된 담쟁이덩굴일 뿐이야.

미지수지   정말 이래도 되는 걸까?

나우스   겁먹지 마.

미지수지   겁먹은 게 아니라 조심하자는 거야.

연산군   그래, 나우스! 조심해서 나쁠 건 없어.

나우스   조심할 게 보여야 조심하죠. 여긴 아무것도 없어요. 그 도둑, 그러니까 도리짓고가 그랬잖아요. 아주 평범해서 아무도 도박장인지 눈치채지 못한다고. 평범하게 보이려면 아무것도 없어야 해요. 평범함 속에 감춘 보물이 가장 찾기 어려운 법이죠.

나우스가 제시한 논리가 그럴듯했다. 머뭇거리던 미지수지조차 설득을 당했다. 셋은 담쟁이덩굴이 무성한 통로를 지나 온갖 대리석이 아름답게 깔린 넓은 공터로 들어섰다. 나우스가 대리석 바닥을 발로 두드렸다. 여러 곳을 두드렸지만 아무런 반응이 없었다. 보이는 그대로 그냥 대리석 바닥이었다. 나우스가 앞장서고 연산균과 미지수지가 그 뒤를 따랐다. 공터 중간에 이르자 나우스가 멈춰 섰다.

미지수지　왜 그래?

나우스　저 문을 열고 들어가서 어떻게 해야 하나 조금 막막해서.

미지수지　뭘 어떻게 하기는 어떡해? 증거를 잡아야지.

나우스　내 말은 어떻게 증거를 잡느냐고. 저들은 증거를 안 남겨. 저번에는 대규모 폭발이 일어났는데도 관리AI가 흔적조차 감지하지 못했어.

미지수지　도리짓고가 말했잖아. 메타버스 안이 아니라 외부로 연결하는 통로를 통해서 도박을 한다고. 그럼 이상한 흔적이 나타날 테고, 이상 반응을 만들어 내면 분명히 관리AI도 눈치챌 거야. 메타버스 안에서 벌어지는 사건과 외부 인터넷으로 연결된 채 벌어지는 사건에서 발생하는 신호는 다를 거야.

나우스　그 말은 우리가 직접 증거를 잡지 않아도 된다는 말이잖아.

미지수지　도박판에 대혼란을 일으키기만 해도 허점이 드러날지도 몰라.

연산균　어차피 지금 고민해 봤자 뾰족한 수도 없으니, 일단 부딪쳐 보자.

나우스가 어깨를 한 번 들썩이고 주먹을 꽉 쥐더니 다시 발을 옮겼다.

좌우에 선 연산균과 미지수지도 걸음을 맞춰 걸었다. 나우스가 다섯 번째 걸음을 내디딜 때였다. 아지랑이가 피어오르듯이 공기가 일렁이더니 삽시간에 뿌연 안개가 퍼지며 시선이 닿는 모든 곳을 가려 버렸다. 한 치 앞도 보이지 않는 짙은 안개였기에 한 걸음도 내디딜 수 없었다. 다행히 시간이 흐르면서 안개가 조금씩 옅어지고 주변 사물이 형태를 드러냈다.

연산균   저 기괴한 바위나 나무들은 다 뭐야?

뭉개지고 뭉치고 쌓인 바위들은 괴물 군대처럼 흉악했다. 갈라지고 뒤틀리고 비틀린 괴상한 나무들은 저절로 공포심을 불러일으켰다. 느린 바람에 안개가 흔들리자 악령이라도 깃든 듯 소름 끼치는 신음이 흘렀다. 그곳에 그대로 머물렀다가는 공포에 짓눌려 정신이 무너져 버릴 듯했다.

나우스   겁먹지 마. 어쩌면 환상일지도 몰라.

나우스가 손을 뻗어 바위를 만졌다. 바위에서 서늘하고 단단한 감촉이 느껴졌다. 있는 힘껏 밀었지만, 바위는 꿈쩍도 안 했다. 생기라고는 느껴지지 않는 나무에 손을 대자 기운이 빠지고 다리가 풀렸다. 화들짝 놀라서 알짜힘을 확인했는데 다행히 알짜힘은 그대로였다.

나우스   나무는 손대지 마. 갑자기 몸이 무기력해져.

연산균	여기 아주 무서운 곳이네.
나우스	걱정 마세요. 우리는 조금 전에 작은 공터에 있었어요. 다른 데로 옮겨간 느낌은 전혀 없었으니까, 한쪽으로만 쭉 가면 이곳을 벗어날 수 있을 거예요.

나우스는 용기를 북돋우며 앞장서 나아갔다. 안개가 꼈지만, 주변 사물을 분간하기는 어렵지 않았기에 걷는 데는 무리가 없었다. 그러나 나우스의 예상과 달리 아무리 걸어도 기괴한 바위와 나무들은 끝없이 이어질 뿐 사라지지 않았다.

미지수지	이상하지 않아?
나우스	곧 끝날 거야.
미지수지	그게 아니라 똑같은 바위와 나무가 여러 번 나와서 그래.
나우스	나는 계속 똑바로 걸었어.
미지수지	누가 네 잘못이래? 나무와 바위를 눈여겨봐. 똑같은 형태가 반복된단 말이야.
나우스	그럴 리 없어.

나우스는 고개를 세차게 흔들고는 다시 앞장서 걸었다. 한참을 걸은 뒤에 이번에는 연산균이 미지수지와 같은 말을 했다.

연산군 미지수지 말이 맞아. 거듭해서 똑같은 바위와 나무가 나와. 아무리 봐도 우리가 같은 공간을 맴돌고 있는 듯해.

이번에는 나우스도 믿을 수밖에 없었다. 나우스는 방향을 틀어서 다른 길로 걸었다. 그러나 이번에도 같은 공간으로 돌아왔다. 어떤 길을 선택해도 마찬가지였다. 걷다 보면 얼마 지나지 않아 같은 공간이 다시 나타났다.

미지수지 우리는 미로에 갇혔어. 어떤 길로 가도 계속 같은 곳으로 되돌아오게 만드는….

안개를 타고 흐르는 바람이 나무 틈새를 지나며 내지르는 을씨년스러운 소리가 공포심을 극대화했다. 걸을 수도 없고, 그렇다고 그대로 머물 수도 없는 난감한 순간이었다.

황금비 놀이터에서 기다리라고 했더니 다들 어디 간 거야?

통신망이 열리며 황금비가 짜증을 내는 소리가 들렸다.

미지수지 금비야! 우리 갇혔어.
황금비 갇히다니 무슨 말이야?

미지수지는 주변 풍경을 세세히 묘사하며 이제껏 겪은 일을 최대한 자세히 설명했다.

황금비   더는 움직이지 말고 그대로 있어. 우리가 찾으러 갈게.

황금비는 통신을 끊고 그 집을 향해 서둘러 걸음을 옮겼다.

고난도   어떻게 된 일이야?

황금비   기다리라고 했더니 그새를 못 참고 먼저 갔다가 미로에 갇힌 모양이야.

고난도   미로라니?

황금비   저 집 마당에 들어섰다가 안개가 낀 이상한 공간에 갇혔는데 끝없이 걸어도 같은 곳으로 계속 돌아온대.

고난도   그런 일은 나도 사냥터에서 한 번 겪어 봤어. 안개가 진하게 낀 숲에 갇히면 방향 감각을 상실해서 같은 곳을 계속 맴돌기도 하거든.

황금비   단순히 방향 감각을 상실해서 벌어진 일 같지는 않아. 아무래도 그들이 쳐 놓은 이상한 함정 같은 데 빠진 것 같아.

고난도   자롱이 배터리를 교체하고 올 때까지 기다리라고 했더니….

자롱이는 꼬리를 고난도 어깨에 대고 머리 옆에 달린 날개를 펄럭이며 떠 있었고, 고난도는 그런 자롱이 몸통을 부드럽게 쓰다듬었다. 자롱이는 고난도 손길이 닿자 환한 표정을 구 표면에 지어냈다.

황금비 담쟁이 통로를 지날 때는 아무 이상이 없었고, 저기 공터 가운데 지점을 지나자 이상한 안개가 피어오르며 기괴한 바위와 나무가 빼곡한 곳에 갇혔다고 해.

고난도 일단 통로를 지난 뒤에 어떻게 된 일인지 살펴보자.

통로를 지나간 고난도는 공터에 다다르자 무릎을 꿇고 바닥에 배열된 대리석을 살폈다.

고난도 색깔과 크기가 다양하긴 하지만 별다른 특징이 없는데….

황금비 가운데 지점에서 그 현상이 벌어졌다니까 가운데를 잘 살펴봐.

고난도 가운데든 저 끝이든 마찬가지야. 별다른 특징이 없어.

황금비는 입술을 깨물고 잠시 고민을 하더니 스카프를 풀고는 목걸이를 꺼냈다. 목줄은 눈에 잘 띄지 않을 만큼 가늘었다. 목줄이 목 가운데서 만나 새끼줄처럼 꼬이며 아래로 손가락 두 마디쯤 늘어졌고, 그 끝에 화로처럼 생긴 장신구가 달려 있었다. 화로에서는 붉은빛이 진짜 불처럼 일렁였다. 황금비가 그 부위를 손끝으로 가볍게 건드리자 붉은빛이 쏟아지며 대리석을 비췄다. 대리석 위에 무수히 많은 유리수가 그 모습을 드러냈다.

$$\frac{7}{10}, \frac{11}{30}, \frac{5}{7}, \frac{3}{2}, \frac{5}{13}, \frac{3}{5}, \frac{9}{18} \cdots$$

고난도   저 유리수들은 다 뭐지?

황금비   이 유리수들과 그 미로가 어떤 관계가 있는 것이 분명해.

고난도는 대리석 곳곳에 떠 있는 유리수들을 꼼꼼하게 관찰하며 어떤 규칙을 찾으려고 했다. 그러나 아무리 서로 보태고 더하고 연결해도 특별한 규칙을 찾아내지 못했다.

고난도   특징이 없어. 그냥 무작위야.

황금비   분명히 우리가 모르는 어떤 함정이 있어.

고난도   당연히 있겠지. 그걸 못 찾으니 문제지.

황금비   왜 미로에서 벗어나지 못할까?

고난도   원과 같은 공간이 아닐까?

황금비   원이라니?

고난도   원 위에서는 아무리 움직여도 결국 같은 점으로 되돌아오잖아.

황금비   인공위성이 지구를 도는 것처럼?

고난도　그래! 계속 같은 공간을 순환하니까⋯. 어, 잠깐⋯.

황금비　왜 그래? 감을 잡았어?

고난도는 두 손을 관자놀이에 대더니 다시 대리석 위에 떠 있는 유리수들을 꼼꼼하게 관찰했다. 집중력을 최대치로 올리며 유리수에 감춰진 비밀을 풀어내려고 애썼다. 종종 숫자들을 계산하면서 중얼거리기도 했다.

고난도　유리수들 사이에 순환하는 수가 있어.

황금비　순환하는 수라니?

고난도　유리수 중에는 분수 형태를 소수 꼴로 바꿨을 때 소수점 아래 특정한 숫자들이 끊임없이 순환하는 순환소수[1]가 있어. 예를 들어 저기 보이는 $\frac{7}{10}$, $\frac{3}{2}$, $\frac{3}{5}$ 은 순환소수가 아니야. $\frac{7}{10}$ 은 0.7, $\frac{3}{2}$ 은 1.5, $\frac{3}{5}$ 은 0.6으로 딱 떨어지니까.

황금비　그러고 보니 분모의 약수가 2 또는 5로만 이루어진 분수는 유한소수[2]가 되네.

고난도　당연하지. 우리가 쓰는 수 체계가 10진수니까. 분모에 약수가 2 또는 5만 있으면 분모를 10, 100, 1000⋯ 등 10의 제곱 형태로 표현할 수 있고, 10의 제곱 형태로 표현이 되면 소수점 아래가 유한할 수밖에 없으니까.

1　순환소수 : 소수점 아래의 어떤 자리에서 일정한 숫자의 배열이 한없이 되풀이되는 무한소수.

2　유한소수 : 소수점 아래에서 0이 아닌 숫자가 유한 번 나타나는 소수.

황금비 $\frac{7}{5}, \frac{5}{13}, \frac{11}{30}$ 은 분모의 약수에 2와 5 외에 다른 소수가 있어서 순환소수가 되는구나. 저기 보이는 숫자 중에서 $\frac{11}{30}$ 은 $0.3666\cdots$, $\frac{5}{7}$ 은 $0.714285714285\cdots$, $\frac{5}{13}$ 는 $0.3846153846153\cdots$이야. 잠깐 그런데 $\frac{9}{18}$ 는 뭐지? 분명히 분모인 18의 약수에 3이 들어 있는데 0.5잖아. 그러면 순환소수가 아닌데….

고난도   기약분수[3]로 바꾼 뒤에 판단해야지. 기약분수 형태에서 분모의 약수 중에 2나 5 외에 다른 소수가 있는지 찾아야 해.

황금비   그렇구나. $\frac{9}{18}$ 를 약분하면 $\frac{3 \times 3}{3 \times 3 \times 2} = \frac{1}{2}$ 이니까 유한소수야. 아무튼 분수 형태로 된 유리수 중에서 순환소수와 유한소수를 판별하는 방법은 아주 간단하네. 이 공간을 안전하게 지나가려면 순환소수인 분수와 부딪치지 않도록 조심해야겠어.

고난도   다들 아무것도 모른 채 순환소수에 부딪혀서 **빨려 들었을** 거야. 특정한 공간이 반복해서 나타난다는 말은 순환마디[4]가 반복되는 특성을 이용했을 거야. $0.3666\cdots$은 6이 순환마디고, $0.714285714285\cdots$는 714285가 순환마디, $0.384615384615\cdots$는 384615가 순환마디야. 순환마디는

---

3 기약분수 : 분모와 분자를 최대공약수로 약분하여 1 외에는 공약수가 없도록 만든 분수.

4 순환마디 : 순환소수에서 소수점 아래의 숫자 배열이 되풀이되는 한 부분.
   순환마디 첫 숫자와 마지막 숫자 위에 점을 찍어서 순환마디를 표시한다.
   Ex) $0.7354354\cdots \rightarrow 0.7\dot{3}5\dot{4}$, $0.7333\cdots \rightarrow 0.7\dot{3}$, $0.13535\cdots \rightarrow 0.1\dot{3}\dot{5}$

끝없이 이어지니 아무리 걸어도 밖으로 빠져나올 수가 없지.

고난도는 몸을 일으키며 기지개를 쭉 켰다. 그러고는 몸을 빙그르르 돌렸다.

고난도   이 세상에는 수많은 순환이 있어. 앞서 말했던 인공위성도 회전운동을 하는데 일정한 궤도를 끊임없이 순환해. 시계추와 같은 진자도 일정한 영역을 끊임없이 반복하며 순환하는 운동을 하지. 해가 뜨고 지고, 초승달이 보름달이 되고, 다시 그믐달로 줄어드는 과정도 순환이야. 계절이 바뀌고 생명이 낳고 자라고 죽는 과정 등 세상에는 끝없이 이어지는 순환이 아주 많아.

황금비   순환하는 유리수의 특성을 순환하는 물질계 특성에 연결해서 미로를 만들어 낸 게 분명해. 멋모르고 들어갔다가 보이지 않는 순환소수에 부딪혔고, 그로 인해 순환하는 미로에 빠져든 거야. 이제 원인은 알았는데, 거기서 어떻게 구해 내지?

고난도   일단 어떤 순환소수로 빨려 들었는지 찾아야지.

황금비   그건 나도 알아. 그걸 무슨 수로 찾는지가 문제지.

고난도   통신이 되잖아. 분명히 미로에서 어떤 수가 순환하는지 알 만한 특징이 나타날 거야.

황금비는 그 말이 타당하다고 여겨 통신을 열었다. 곧바로 미지수지가 연락을 받았다. 황금비는 순환소수를 이용한 미로의 원리를 알려 준 뒤에 미지수지가 해야 할 과제를 설명했다.

미지수지 소수 아래에서 반복되는 순환마디를 찾는 게 목적이고, 그 순환마디를 찾으려면 우리가 빙글빙글 돌았던 지형에서 어떤 특징을 찾아서 숫자로 변환하라는 거지?

황금비 순환마디를 이용한 미로니까 분명히 순환하는 숫자가 어떤 방식으로든 드러날 거야. 그걸 찾아내야 해.

미지수지 알았어. 일단 해 볼게.

미지수지는 통신을 끊고 자리에서 일어났다. 서로 맡아야 할 과제를 찾아서 역할을 나누려는데 연산균이 무슨 말인지 이해하지 못했다면서 설명을 다시 해 달라고 요청했다. 미지수지와 나우스가 번갈아가며 연산균에게 설명하느라 꽤 긴 시간이 걸렸다.

미지수지 반복된다고 했으니 구조물을 나누는 어떤 특징이 분명히 있을 거야.

나우스 어쩌면 단순할지도 몰라. 내가 바위 개수를 셀 테니까 네가 나무를 세. 모둠장 님은 주변과 구별되는 특별한 형태 같은 게 있으면 그때마다 말해 주세요.

연산균　　　특별한 형태라니 그게 뭔데?

미지수지　　그건 저희도 몰라요. 여기서 벗어나려면 어떻게든 찾아야죠.

미지수지가 살짝 짜증을 냈기에 연산균은 더는 질문을 하지 않았다. 천천히 움직이며 미지수지는 나무 개수를 세고, 나우스는 바위 개수를 셌다. 그러나 구별하는 지점을 찾아내지 못했고, 숫자는 10을 넘어서고 말았다. 순환마디를 이루는 숫자는 0부터 9 이하의 정수이므로 숫자가 10을 넘어가면 의미가 없었다. 제자리로 온 뒤에 다시 한 바퀴를 돌았지만 마찬가지였다. 역할을 바꿔서 시도해도 결과는 같았다.

미지수지　　반복되는 숫자가 없어. 그냥 계속 이어져 있다고.

나우스　　　황금비와 고난도가 뭘 잘못 안 거 아니야?

미지수지　　이대로 영원히 여기 갇혀 지내야 하는 거야? 알짜힘도 안 줄어들고, 접속도 끊지 못하면 그냥 미아가 되는 거잖아. 강제로 접속을 끊으면 내 아바타는 좀비와 마찬가지가 된다고.

미지수지는 울먹거리며 바닥에 털썩 주저앉았다. 나우스는 어찌할 바를 모르며 흔들리는 안개를 멍하니 바라보기만 했다.

연산균　　　저, 애들아. 내가….

나우스와 미지수지는 절망에 빠져 연산균이 하는 말을 제대로 듣지 않았다.

연산균   여기서 기다려. 내가 한번 돌아보고 올게.

나우스와 미지수지는 연산균이 혼자 간다고 하는데도 말리지 않았다. 연산균은 모자를 벗고 머리를 긁적이고는 다시 모자를 썼다. 연산균은 조심스럽게 걸었다. 그러나 이번에는 바위나 나무를 보는 데 집중하지 않고 소리에 집중했다. 몇 걸음 걸을 때마다 바람이 나무를 지나며 만들어내는 기괴한 음파가 귀청을 건드렸다. 음산한 소리이기에 듣기만 해도 소름이 돋았다. 무서웠지만 연산균은 꾹 참고 소리에 귀를 기울였다. 원래 자리로 돌아오니 여전히 미지수지와 나우스는 절망에 빠져 축 처져 있었다.

연산균   금비야, 거기 있니?

연산균은 통신을 열어 황금비를 찾았다. 미지수지가 아니라 연산균이 연락을 했기에 황금비는 조금 뜬금없다고 생각했다.

황금비   숫자는 찾았어요?
연산균   정확히는 모르겠는데 대충 찾은 거 같아.

미지수지　　찾았어요? 어떻게?

연산균　　잠깐만, 잘못하면 숫자를 까먹으니까 일단 불러 줄게. 순환하는 숫자는 428571이야. 정수는 0이고 소수점 아래에서 순환하지 않는 부분은 없어.

황금비　　어떻게 찾았어요?

연산균　　그게… 소리가 달랐어.

나우스　　소리라니…, 어떤 소리요?

연산균　　바람이 나무를 통과하면서 소리를 내는데 그게 도레미파솔라시도처럼 높낮이가 있었어. 그 높낮이를 숫자로 바꿨더니 그렇게 나온 거야. 처음에 긴 침묵이 이어지다가 툭 끊긴 소리가 난 뒤에 다시는 그런 상태가 나타나지 않았어. 그 뒤에는 428571에 맞는 음이 계속 반복되었고. 그러니까 침묵은 0이고, 툭 끊어지는 소리는 소수점일 거야. 이 모든 걸 종합하면 너희가 찾는 소수는 $0.\dot{4}2857\dot{1}$이 맞는 듯해.

황금비　　그럴듯해요. 이제 우리가 해결할 테니 잠깐만 기다려요.

통신을 끊고 황금비는 아이템팔찌에서 종이를 꺼내 연산균이 불러 준 숫자를 적었다.

황금비　　어디에 갇혔는지 알려면 $0.\dot{4}2857\dot{1}$을 분수로 바꿔야 해.

고난도 분수로 바꾸려면 소수점 아래를 없애야 하는데…[5] 소수점 아래를 없애려면 $0.\dot{4}2857\dot{1}$을 x로 놓은 뒤에… 잠시만 계산 해 볼게.

$$A : 1{,}000{,}000x = 428571.428571428571\cdots$$

$$B : \qquad\quad x = 0.428571428571\cdots$$

$A-B$를 하면

$$999{,}999x = 428{,}571$$

$$x = \frac{428{,}571}{999{,}999} = \frac{3^4 \times 11 \times 13 \times 37}{3^3 \times 7 \times 11 \times 13 \times 37} = \frac{3}{7}$$

고난도 계산 값은 $\dfrac{3}{7}$이야.

황금비 $\dfrac{3}{7}$ 은 저기 있어. 저 숫자 안에 갇힌 거야. 그나저나 저기서

---

5 순환소수를 분수로 바꾸는 법
  ① 순환소수를 x로 놓는다.
  ② 양변에 적당한 10의 거듭제곱을 곱하여 소수점 아래를 똑같이 만든다.
    $x = 0.12323\cdots$ 일 때 $\qquad$ $x = 0.456456\cdots$ 일 때
    $1000x = 123.2323\cdots$ $\qquad$ $1000x = 456.456456\cdots$
    $\quad\; 10x = 1.2323\cdots$ $\qquad\qquad$ $x = 0.456456\cdots$
  ③ 두 식을 변끼리 뺀다. 계산하면 소수점 아래가 사라지고, 1차 방정식이 나온다.
    $1000x = 123.2323\cdots$ $\qquad$ $1000x = 456.456456\cdots$
    $-\;\; 10x = 1.2323\cdots$ $\qquad\quad$ $-\;\; x = 0.456456\cdots$
    -------------------------- $\qquad$ --------------------------
    $990x = 122$ $\qquad\qquad\quad$ $999x = 456$
  ④ 1차 방정식을 풀면 x값이 분수 형태로 나온다. 분수를 기약분수로 바꾸면 된다.

어떻게 꺼내지?

고난도   이런 건 몇 번 해 봤잖아.

어떤 생각이 떠올랐는지 황금비가 피식 웃었다.

황금비   역수를 곱해서 1로 만드는 방법을 말하는 거야?

고난도   나한테는 숫자카드가 많아.

고난도는 고개를 끄덕이며 아이템팔찌를 열었다. 아이템팔찌에서 작은 주머니를 꺼내더니 곱셈 기호와 숫자카드 $\frac{7}{3}$을 꺼냈다.

황금비   순환소수는 피하고 유한소수만 선택해서 걸어야 해.

황금비가 앞장서서 대리석 공터로 걸어갔다. 순환소수는 피하고 유한소수가 있는 대리석만 밟으며 전진했다. 황금비는 $\frac{3}{7}$이 있는 대리석 앞에서 멈춘 뒤 고난도에게서 '$\times \frac{7}{3}$ 카드'를 건네받았다. 조심스럽게 $\frac{3}{7}$에 '$\times \frac{7}{3}$ 카드'를 대자 뿌연 안개가 일렁이며 숫자 1이 희미하게 나타났다. 숫자 1을 붙잡은 황금비는 빠른 속도로 대리석 광장을 건너갔다. 안개 속에서 희미하던 숫자 1이 점점 선명해졌다. 황금비는 재빨리 목걸이를 스카프 속으로 감추었다. 잠시 뒤 숫자 1에서 밝은 빛이 쏟아지면서 연산균과 미지수지, 나우스가 모습을 드러냈다.

02. 거듭제곱의 거대한 위력

: 지수법칙과 다항식 :

문밖에서는 마당과 건물이 보이는데 문을 열면 이상하게도 하얀 방이 나타났다. 다섯 면을 돌며 문을 하나씩 다 열어 보았지만 모두 똑같은 현상이 벌어졌다. 담장 위로는 투명한 에너지 막이 가로막아서 담을 뛰어넘을 수 없었다.

나우스　도리짓고가 이 문은 안에서 허락해 주지 않으면 절대 통과할 수가 없다고 하더니 정말인가 봐.

연산균　아무리 그래도 방법이 있을 거야.

연산균은 미로에서 오직 자기 힘으로 순환마디를 찾아낸 뒤로 부쩍 자신감이 넘쳤다. 예전의 연산균이었다면 남들이 하자는 대로 따라 했을 것이다. 그런데 이번에는 모둠장 노릇을 제대로 하려는지 적극 나서서 제안했다.

연산균 문이 다섯 개고 우리도 다섯 명이야. 그러니까 한 명씩 문을 통과할 방법을 찾아보는 게 어때? 다 같이 한꺼번에 한 문씩 시도하다 보면 시간이 오래 걸릴 거야. 그러니 한 명씩 다섯 군데에서 시도하면 시간도 단축되고 성공할 확률도 더 높을 거라고 봐.

연산균이 제안한 방법이 효과가 좋으리란 보장은 없지만 달리 뾰족한 수도 없기에 다들 그 의견에 따랐다. 무엇보다 모처럼 모둠장이 모둠장다운 모습을 보였기에 다들 별말 없이 따르는 분위기가 형성되었다. 연산균이 제안한 대로 다섯 명이 한 곳씩 선택했다. 1번 문은 연산균, 2번 문은 나우스, 3번 문은 미지수지, 4번 문은 고난도와 자룡이, 5번 문은 황금비가 맡았다.

연산균은 1번 문을 열고 들어섰다. 하얀 방에는 아무것도 없었다. 몇 걸음 걸어가자 보라색 벽이 나타났다. 손을 살짝 댔다.

연산균 뭐야? 이거 그냥 종이잖아. 에이, 난 또 뭐라고.

연산균은 종이를 손으로 쭉 밀었다. 종이는 아주 쉽게 찢어졌다. 찢어진 종이가 양 옆으로 갈라지더니 다음 방으로 넘어갔다. 2번 방도 종이로 된 벽이 가로막고 있었다. 이번에는 종이가 두 겹이었다. 다시 손으로 밀어서 찢고는 앞으로 나아갔다. 3번 방은 종이로 된 벽이 네 겹이었다. 아이템팔찌에서 학용품 칼을 꺼내 종이 네 장을 한꺼번에 찢었다.

연산균   이렇게 쉬운 줄 알았으면 여기로 다 같이 들어오는 건데….

연산균은 다시 앞으로 나아갔다. 4번 방에는 여덟 겹으로 된 종이 벽이 가로막았다. 칼로 찢는 데 어려움은 없었다. 5번 방은 열여섯 겹이었다. 열여섯 겹 종이도 쉽게 잘려 나갔다.

연산균   겹겹이 가로막아 봤자 종이잖아. 종이로 뭘 어쩌려고….

6번 방은 서른두 겹이었다. 어렵지 않게 뚫었다. 7번 방은 육십사 겹이었다. 연산균은 조금씩 불안감이 올라왔다.

연산균   이렇게 계속 두 배씩 늘어나면 어떻게 되는 거지? 끝없이 이어지면….

연산균은 칼을 내려놓고 바닥에 앉아서 간단하게 계산해 보았다.

1번 방 = 1

2번 방 = 2

3번 방 = 2^2 = 4

4번 방 = 2^3 = 8

5번 방 = 2^4 = 16

6번 방 = 2^5 = 32

방이 늘어남에 따라 종이 겹은 기하급수로 증가하는데 가만히 보니 일정한 규칙이 있었다. 그 규칙을 수식으로 정리하면 다음과 같았다.

$$n번째\ 방 = 2^{n-1}$$

연산균 n이 20이면⋯ 대충 계산해도⋯ 이런, 백만이 넘잖아! 백만 장이면 이 칼로는 도저히 뚫을 수가 없어! 이 방들이 도대체 몇 개까지 계속 이어지는 거지?

연산균은 포기하고 싶으면서도 포기할 수가 없었다. 포기하고 물러났는데 그게 마지막 방일 수도 있기 때문이다. 방을 하나 넘을 때마다 앞을 가로막는 종이 숫자는 기하급수로 늘어났다. 열한 번째 방에 들어서자 종이가 1천 장을 넘어섰다. 언제까지 종이를 뚫고 나가야 하는지 막막했지만 연산균은 포기하지 않고 종이를 향해 칼을 휘둘렀다.

나우스가 2번 문을 열고 들어서니 곧바로 긴 통로가 나타났다. 통로를 따라 한참 걸으니 단단한 벽이 통로를 가로막았다. 벽에는 바닥과 수평 방향으로 막대기 세 개가 꽂혀 있었다. 왼쪽은 노란색, 가운데는 빨간색, 오른쪽은 파란색 막대기였다. 빨간색과 파란색 막대기는 비었고, 노란색 막대기에는 원반이 꽂혀 있었다. 원반은 크기가 모두 달랐는데 벽에 가장 가까운 밑바닥 원반이 가장 크고, 점점 작아졌다. 원반에는 숫자가 새겨져 있는데 맨 위쪽 원반에는 1번, 그 아래 원반에는 2번, 그다음 원반은 3번 식으로 점점 증가하다가 마지막 맨 밑바닥 원반에서 64번으로 끝났다. 자세히 보니 밑바닥 원반 뒤에는 문이 달렸는데, 문을 열려면 원반을 모두 치워야 했다.

나우스는 1번, 2번, 3번 원반을 한꺼번에 빼냈다. 막대기에서 빼내자마자 원반이 손에서 터지며 원래 자리로 돌아갔다. 다치지는 않았지만, 손바닥이 얼얼할 정도로 강한 충격이 전해졌다. 다음에는 1번과 2번을 한꺼번에 빼냈는데 또다시 터지면서 원래 자리로 돌아갔다. 하는 수 없이 원반을 하나만 빼냈는데 그제야 원반이 터지지 않았다.

나우스　　원반을 한 번에 하나씩만 빼내야 하는구나.

나우스는 노란 막대기에서 꺼낸 1번 원반을 바닥에 내려놓고, 2번 원반을 빼내려고 하는데 1번 원반이 '펑' 하고 터지며 원래 자리로 돌아가 버렸다. 원반이 워낙 빠르고 강하게 움직였기에 하마터면 손을 다칠 뻔했다. 1번 원반을 다시 빼내서 멀리 던졌는데 또다시 폭발을 일으키며 원래 자리로 돌아왔다.

나우스   원반을 빈 막대기로 옮겨야 하는 건가?

나우스는 1번 원반을 아무것도 없는 빨간 막대기로 옮겼다. 이번에는 원반이 터지지 않았고, 원래 자리로 돌아오지도 않았다. 2번 원반을 빼서 빨간 막대기로 옮긴 뒤에 3번 원반을 빼내려는데 '펑, 펑' 두 번 폭발음이 울리더니 빨간 막대기에 꽂은 원반이 노란 막대기로 돌아와 버렸다.

나우스   왜 이러는 거야?

나우스는 다시 1번 원반을 꺼내서 빨간 막대기로 옮기고, 2번 원반은 파란 막대기로 옮겼다. 이번에는 아무런 변화가 없었다. 3번 원반을 꺼내서 빨간 막대기에 꼽힌 1번 위로 옮기자마자 폭발음이 세 번 울리며 1, 2, 3번 원반이 모두 원래 자리로 돌아가 버렸다.

나우스   원반 크기가 아래에서 위로 점점 커질 때만 안 터지는 건가?

나우스는 다시 1번 원반을 꺼내 빨간 막대기에 끼우고, 2번 원반을 꺼내서 파란 막대기로 옮겼다. 이번에는 바로 3번 원반을 꺼내지 않고 빨간 막대기에 끼워 놓은 1번 원반을 빼서 파란 막대기로 옮겼다. 빨간 막대기에는 아무것도 없고, 파란 막대기에는 2번과 1번 원반이 아래에서 위로 차례대로 놓였다. 나우스는 3번 원반을 빼서 빨간 막대기로 옮겼다. 4번 원반을 빼려다가 그만두고 곰곰이 생각한 뒤에 1번 원반을 노란 막대기로 옮기고, 2번 원반을 빼서 3번 원반 위로 옮긴 다음, 다시 1번 원반을 2번 원반 위에 놓았다. 노란 막대기에는 64번부터 4번까지 원반이, 빨간 막대기에는 3번부터 1번까지 원반이 아래에서 위로 순서대로 놓이게 되었다.

> 나우스 원반은 한 번에 하나씩만 빼내야 하고, 막대기에 꼽힌 원반은 아래에서 위로 크기 순서대로 놓여야 하는구나. 64개 원반을 이런 식으로 다 옮겨야 한다는 말인데⋯. 64개면⋯ 뭐 얼마나 걸리겠어.

나우스는 4번 원반을 꺼내기 전에 어떻게 해야 제대로 옮길지 고민을 했다. 그런데 빨간 막대기에 걸어 놓은 원반이 심하게 흔들렸다. 원반은 진동 때문에 가만히 있지 못하고 밖으로 튕겨 나오려고 했다. 재빨리 1번 원반을 빼내서 파란 막대기로 옮기니 그때서야 진동이 진정되었다.

> 나우스 이런⋯ 빨간 막대기는 불안정하잖아. 그러면 파란 막대기로 옮겨야 한다는 말인데⋯.

나우스는 다시 1번부터 3번까지 원반을 움직여서 파란 막대기로 옮겨 놓았다. 파란 막대기로 옮겨 놓자 흔들리지 않고 안정된 상태를 유지했다. 나우스는 4번 원반을 꺼내서 빨간 막대기로 옮긴 뒤에 원반 크기가 뒤집히지 않도록 조심하면서 차근차근 옮겼다. 무려 15번을 움직인 뒤에야 파란 막대기에 4번부터 1번 순서로 정렬되었다. 5번 원반을 빼낸 뒤에 파란 막대기에 5번부터 1번까지 순서대로 정렬하는 데는 무려 31번이 걸렸다. 6번 원반을 빼내려던 나우스는 잠시 머뭇거리더니 바닥에 주저앉았다. 그러고는 지금까지 자신이 원반을 옮긴 횟수를 정리했다.

원반 번호	1번	2번	3번	4번	5번
횟수	1회	3회	7회	15회	31회

나우스 규칙이 있는데, 6번 원반을 파란 막대기로 옮기려면… 63회 잖아. 그렇다는 말은 규칙이 N번째 원반을 파란색으로 옮겨서 순서대로 정렬하려면 $2^n - 1$회를 옮겨야 한다는 말이네. 그러면 원반이 64개니까… $2^{64} - 1$이라는 말인데, 도대체 얼마인 거야?[6]

---

6 하노이 탑 문제 : 기둥에 원반이 꼽혔는데 원반은 크기에 따라 아래에서 위로 순서대로 쌓여 있다. 원반이 없는 기둥이 두 개 더 있는데 원반들을 일정한 규칙에 따라 다른 기둥으로 처음과 같은 모양으로 옮겨야 한다. 규칙은 두 가지인데 첫째, 한 번에 한 개의 원반만 옮겨야 하며, 둘째, 큰 원반이 작은 원반 위로 올라오면 안 된다. 이 소설에서는 64개의 원반을 옮기는 것으로 설정했다. 2^{64}을 계산하면 18,446,744,073,709,600,000이다. 1,844경에 달하는 엄청난 숫자다. 1초에 1회씩 옮긴다고 계산하면 약 5천8백억 년 정도 걸린다.

나우스는 6번 원반을 든 채 어떻게 해야 할지 고민하며 동상처럼 굳어 버렸다.

　미지수지는 늘 들고 다니는 거울에 얼굴을 비추고는 3번 문을 열었다. 하얀 방 안으로 몇 걸음 걸어가니 왼쪽 벽을 꽉 채운 거울이 있었다. 자신도 모르게 거울로 다가가 거울에 비친 외모를 꼼꼼하게 살폈다. 비싼 아이템은 없지만 아무도 하지 않는 독특한 꾸밈새가 무척 마음에 들었다. 뒷모습을 살피려고 몸을 돌리는데 거울이 겹겹이 늘어나며 쭉 펼쳐졌다. 거울 귀퉁이에 숫자가 적혔는데 마지막 거울에 쓰인 숫자가 64였다. 64개나 되는 방은 모두 유리벽으로 나뉘어 있었다.

　1번 거울 방으로 들어갔다. 방에 들어가자마자 왼쪽 벽에 붙은 거울부터 봤는데 미지수지 모습이 두 개로 보였다. 번쩍거리는 빛이 느껴져서 반대편 벽으로 시선을 돌렸더니 그곳에는 거울 속에서 주사위가 빙글빙글 돌고 있었다. 방에 처음 들어왔을 때는 보이지 않던 거울이었다. 주사위가 멈추고 숫자 2가 나오자 잠시 뒤에 미지수지 형상이 네 개가 나타났다. 왼쪽은 두 개, 오른쪽은 네 개인 형상이 어떤 의미인지 고민하는데 양쪽 거울에서 빛이 오가더니 가운데 지점에서 여덟 개의 미지수지 형상이 여덟 개가 홀로그램으로 나타났다. 홀로그램 형상은 움직이지 않고 가만히 정지한 상태였는데, 미간에 찍힌 붉은 점이 유난히 도드라졌다.

　홀로그램 여덟 개가 나타나자 정면 유리벽에 문이 생겼다. 미지수지는 홀로그램 형상을 지나서 문으로 다가갔다. 문을 밀었지만 열리지 않았다.

손잡이가 없어서 당길 수도 없었다. 다시 세게 밀었지만, 문은 꿈쩍도 안 했다. 고민하던 미지수지는 홀로그램을 자세히 살폈다. 홀로그램에서 붉은색 점이 유난히 눈에 뜨였다. 손끝으로 붉은 점을 '톡' 건드리자 홀로그램이 사라졌다. 붉은 점 여덟 개를 다 건드리자 홀로그램 형상이 모두 사라지고 문이 자동으로 열렸다.

두 번째 방으로 들어갔다. 이번에는 왼쪽 거울에 네 개의 미지수지 형상이 나타났다. 잠시 뒤 오른쪽 거울에서 주사위가 빙글빙글 돌더니 숫자 3이 나왔고, 미지수지 형상은 여덟 개가 만들어졌다. 양쪽 벽에서 빛이 오가더니 32개나 되는 홀로그램 형상이 방에 형성됐다. 이번에도 이마에는 붉은 점이 있었다. 홀로그램과 함께 유리문이 나타나는 현상도 같았다. 다시 붉은 점을 손으로 건드리자 홀로그램이 사라졌다. 32개나 되는 모든 홀로그램이 없어지자 유리문이 자동으로 열렸다.

세 번째 방으로 들어가니 왼쪽 거울에 여덟 개의 형상이 나타나고, 오른쪽 거울에는 주사위가 1이 나오고 형상 두 개가 만들어졌다. 양쪽 벽에 설치된 유리 사이로 빛이 오간 뒤에 이마에 붉은 점을 단 홀로그램이 열여섯 개 나타났다. 붉은 점을 건드리자 홀로그램은 사라졌고, 유리문이 열렸다. 네 번째 방에서는 왼쪽 거울에서 16개, 오른쪽에서는 주사위에 4가 뜬 뒤에 형상이 16개가 나타났다. 빛이 오가며 형상이 나타났는데 바로 셀 수 없을 만큼 많았다. 하나씩 붉은 점을 짚으며 세어 보니 무려 256개였다.

미지수지　256이면 16 곱하기 16이잖아. 어, 그러고 보니 이제껏 나타
난 홀로그램 개수가 전부 양쪽 거울에 나타난 개수를 곱한
값이었네.

다섯째 방에 들어간 미지수지는 왼쪽 거울에 나타난 형상의 개수를
확인하고는 이맛살을 찌푸렸다.

미지수지　1번 방은 2, 2번 방은 4, 3번 방은 8, 4번 방은 16, 5번 방은
32개면… 2의 제곱만큼 계속 수가 늘어나는 거네. 그럼 6번
방은 64… 마지막 방은 2^{64}개나 된다는 소리잖아. 거기다가
맞은편 거울에는….

맞은편 거울에는 주사위가 2를 보인 뒤에 형상이 네 개가 나타났다.

미지수지　다행히 맞은편 거울에는 그리 큰 수가 아니야. 가만… 오른
쪽도 2의 제곱수잖아. 그러니까 4는 2^2, 8은 2^3, 2는 2^1, 16
은 2^4, 그리고 다시 4는 2^2…. 오른쪽은 밑이 2이고 지수는
주사위에서 나온 숫자구나. 그러면 홀로그램 개수는….

미지수지는 양쪽 거울에 나타난 숫자를 2의 제곱수 형태로 쭉 정리
했다.

방 번호	왼쪽 거울	오른쪽 거울	홀로그램
1	2^1	2^2	$2^1 \times 2^2 = 2^3$
2	2^2	2^3	$2^2 \times 2^3 = 2^5$
3	2^3	2^1	$2^3 \times 2^1 = 2^4$
4	2^4	2^4	$2^4 \times 2^4 = 2^8$
5	2^5	2^2	$2^5 \times 2^2 = 2^7$
n	2^n	2^{m*}	$2^n \times 2^m = 2^{n+m}$
64	2^{64}	2^m	$2^{64} \times 2^m = 2^{64+m}$

* $1 \leq m \leq 6$. 주사위를 굴려서 나온 숫자.

계산을 다 해본 미지수지는 계산 결과를 보고 어이가 없어서 허탈한 웃음을 지었다. 그때 나우스에게서 연락이 왔다.

나우스   여긴 도저히 불가능해. 원반을 옮겨야 하는데 마지막에는 헤아릴 수 없이 많은 횟수를 움직여야 해.

미지수지   나도 마찬가지야. 나는 거울이 만들어내는 홀로그램을 없애야 하는데 마지막 64번째 방에서 없애야 할 홀로그램은 최소한 $2^{64} \times 2^1 = 2^{65}$개야.

미지수지는 거울 방에 대해서 자세히 설명했다.

나우스 거기도 방이 64개구나. 나도 마지막이 64인데. 아무래도 여기는 다섯 곳 모두 64 관문을 통과해야 하는 형태인가 봐.

연산군 애들아. 나, 칼 휘두르는 거, 너무 힘들어. 그냥 종이인데 방 하나를 통과할 때마다 두 배씩 늘어나고 있어.

나우스 지금 몇 번째 방이에요?

연산군 열두 번째 방.

나우스 아마 64번째 방이 마지막 방일 거예요.

연산군 64번째 방이라고? 그러면 도대체 얼마나 많은 종이를 뚫어야 하는 거야?

나우스 1번 방이 1장, 2번 방이 2장, 3번 방이 4장, 4번 방이 8장이면 n번째 방은 2^{n-1}장이 되니까 64번째 방은 2^{63}장이네요.

연산군 그렇게 말하니까 그리 큰 숫자 같지는 않네.

나우스 그렇죠. 거듭제곱은 아주 큰 수를 간략하게 표현하는 수단이니까요.[7] 그렇지만 풀어서 계산하면 엄청난 숫자예요.

미지수지 대충 계산해도 9백경이 넘는 숫자예요.

연산군 9백경? 그러니까 '조' 단위 다음에 나오는 그 '경' 말이야?

미지수지 그렇죠. 종이 두께가 1장당 $1mm$라고 했을 때 9백경이면 대충 9조km예요. 지구에서 태양까지 거리가 1억5천만km니까 9조km면 지구와 태양 사이 거리보다 6만 배나 멀어

---

7 거듭제곱의 효과 : 거듭제곱은 큰 수를 간단하게 표시하는 데 유용하다. 1조를 아라비아 숫자로 쓰면 1,000,000,000,000인데 거듭제곱으로는 10^{12}으로 간단하게 나타낼 수 있다.

요.[8]

연산균   말도 안 돼. 그러면 이곳을 뚫고 나가는 건 불가능하잖아. 그 정도면 엄청난 데이터가 들 텐데 이걸 어떻게 이 좁은 공간에 집어넣은 거지? 이해할 수가 없어.

연산균, 나우스, 미지수지가 문을 통과하는 것이 불가능함을 절감하며 대화를 나누고 있을 때 고난도는 열심히 관문을 지나는 중이었다. 고난도가 지나는 관문은 가로, 세로, 높이가 같은 정육면체 공간이었다. 정면에 있는 면의 중심에 통과할 수 있는 문이 뚫렸는데, 바닥에서 문까지는 사다리가 설치되어 있었다.

1번 방은 한 변의 길이가 $1m$인 정육면체였다. 2번 방은 한 변이 $2m$, 3번 방은 $4m$, 4번 방은 $8m$, 5번 방은 $16m$로 늘어났다. 방을 지나는 것은 어렵지 않았지만 사다리를 오르는 일은 고역이었다. 5번 방에서 문을 나가려면 $8m$ 높이나 되는 중심부까지 사다리를 밟고 가야 했기 때문이다. 6번 방에 들어선 고난도는 한 변의 길이가 $32m$인 걸 확인하고는 더는 나가지 않고 멈췄다. 방이 커지는 규칙을 곧바로 파악했기 때문이다.

한 변의 길이는 2의 제곱수로 늘어났다. 그리고 방의 부피는 2의 제곱

---

8   천문단위 : 지구에서 태양까지 거리는 대략 1억5천만km인데 이를 $1AU$(천문단위)라고 한다. AU는 주로 태양계 내에서 거리를 잴 때 사용하는데, 태양에서 해왕성까지 거리가 $30AU$ 정도 된다.

수를 3제곱 한 값만큼 커졌다. 즉 부피는 2의 지수에 3을 곱한 값이었다. 즉 $(2^n)^3=2^{3n}[(a^n)^m=a^{nm}]$과 같은 식이 성립하였다.

방 번호	한 변의 길이	방의 부피(m^3)
1	2^0	$(2^0)^3=2^{0\times3}=2^0$
2	2^1	$(2^1)^3=2^{1\times3}=2^3$
3	2^2	$(2^2)^3=2^{2\times3}=2^6$
4	2^3	$(2^3)^3=2^{3\times3}=2^9$
5	2^4	$(2^4)^3=2^{4\times3}=2^{12}$
6	2^5	$(2^5)^3=2^{5\times3}=2^{16}$
n	2^{n-1}	$(2^{n-1})^3=2^{(n\times3)-(1\times3)}=2^{3n-3}$
31	2^{30}	$(2^{30})^3=2^{30\times3}=2^{90}$

만약 방이 31번까지 존재한다면 그 부피는 2^{90}이나 된다. 상상조차 하기 힘든 부피였다. 부피도 부피지만 사다리 높이는 더 끔찍했다. 31번 방에 가면 맞은 벽 높이는 2^{30}을 2로 나눈 값, 그러니까 $2^{30}\div2^1=2^{30-1}$ $=2^{29}$이나 되는 엄청난 높이가 된다. 2^{29}은 536,870,912인데 이는 오르기가 불가능한 높이였다. 킬로미터로 바꾸면 $536,870km$인데 지구 둘레가 대략 4만km이므로 지구를 13바퀴쯤 돌아야 하는 엄청난 거리다. 더 중요한 문제는 과연 31번 방이 끝이라는 확신도 없다는 데 있었다. 그

대로 계속 진행해서는 문을 통과할 방법이 없었다. 방법을 찾아야 했다.

고난도   수많은 회사들이 연결된 덕분에 메타버스 서버의 용량이 엄청나다고 해도 이런 식으로 용량을 할당하는 것은 불가능해. 더구나 이 문뿐 아니라 다른 문도 이런 비슷한 방식이라면 더 말할 필요도 없지.

고난도는 컴퓨터 저장 용량에 대해서 배웠던 지식을 떠올렸다.

고난도   기본 단위는 비트(bit)[9], 1바이트($byte$)는 8비트[10], 2^{10}인 1,024바이트가 1킬로바이트(KB)야. 그 뒤로 메가바이트, 기가바이트….

고난도는 컴퓨터 용량 단위를 쭉 적었다.[11]

---

9   비트(bit) : 컴퓨터는 1과 0으로 된 이진수를 이용하는데, 1 또는 0으로 된 기본 단위를 '비트'라고 한다. 전기가 통하는 상황과 통하지 않는 상황을 각각 0과 1로 놓는다.

10   바이트($bite$) : 1바이트는 10110110처럼 여덟 개 숫자로 이루어진다.

11   단위 접두어 : 10^{24} 요타($yotta$), 10^{21} 제타($zetta$), 10^{18} 엑사(exa), 10^{15} 페타($peta$), 10^{12} 테라($tera$), 10^9 기가($giga$), 10^6 메가($mega$), 10^3 킬로($kilo$), 10^2 헥토($hecto$), 10^1데카($deka$), $10^{-1}=0.1$ 데시($deci$), $10^{-2}=0.01$ 센티($centi$), 10^{-3} 밀리($milli$), 10^{-6} 마이크로($micro$), 10^{-9} 나노($nano$), 10^{-12} 피코($pico$), 10^{-15} 펨토($femto$), 10^{-18} 아토($atto$), 10^{-21} 젭토($zepto$), 10^{-24} 욕토($yocto$).

기호(이름)	값
KB (킬로바이트)	$(2^{10})^1 = 2^{10}$
MB (메가바이트)	$(2^{10})^2 = 2^{20}$
GB (기가바이트)	$(2^{10})^3 = 2^{30}$
TB (테라바이트)	$(2^{10})^4 = 2^{40}$
PB (페타바이트)	$(2^{10})^5 = 2^5{}_0$
EB (엑사바이트)	$(2^{10})^6 = 2^{60}$
ZB (제타바이트)	$(2^{10})^7 = 2^{70}$
YB (요타바이트)	$(2^{10})^8 = 2^{80}$

고난도   요타바이트가 2^{80}인데, 31번째 방 부피가 2^{90}이라는 건 말도 안 돼. 이런 용량을 확보하는 것은 불가능해. 이 불가능을 어떻게 만들어 냈을까?

고난도는 아이템팔찌에서 봉지를 여러 개 꺼냈다. 피타고X나 너클리드와 부딪칠 때마다 발생했던 숫자와 기호, 도형들을 모아 놓은 봉지였다. 봉지를 가만히 들여다보면서 해결할 방법을 고민했다.

고난도   그 정도 용량은 불가능해. 아무리 수학 마법을 써서 관리AI의 감시를 피한다고 해도 이렇게 큰 용량을 쓰면 걸리지 않을 리 없어. 그렇다면 실제로는 용량을 쓰지 않으면서 착각을 일으킨다는 뜻인데… 거듭제곱은 워낙 큰 수를 만들어 내니까… 그걸 이용해 착각을…. 그럼 그 착각을 되돌리려면… 마찬가지로 거듭제곱을 이용해야겠지…. 거듭제곱을 이용해서 숫자 크기를 줄이면… 좋아, 해보자.

고난도는 6번 방 입구로 갔다. 한 변의 길이가 2^5인 방이었다. 고난도는 숫자카드와 기호를 이용해서 2^4을 만들고는 '나눗셈(÷)' 기호를 붙여서는 6번 방으로 집어 던졌다. 6번 방은 요란하게 요동을 치더니 한 변의 길이가 2^1인 정육면체로 줄어들었다. 카드는 반응을 일으킨 뒤에 소멸하였다.

크기가 줄어든 6번 방을 지나니 한 변의 길이가 2^6인 정육면체 7번 방이 나타났다. 이번에도 '2^4카드'를 만들어 나눗셈을 붙인 뒤에 집어 던졌다. 2^6이던 변의 길이가 '$÷2^4$카드'를 만나자 한 변이 2^2으로 줄어들었다.

고난도　　2^5을 2^4로 나누었더니 2^1이 되었어. 2^6을 2^4으로 나누었더니 2^2이 되었고. $2^5 ÷ 2^4 = 2^1$, $2^6 ÷ 2^4 = 2^2$, 그렇다는 말은 밑이 같은 거듭제곱끼리 나눗셈하면 지수끼리 빼면 되는구나. $2^5 ÷ 2^4 = 2^{5-4}$, $2^6 ÷ 2^4 = 2^{6-4}$가 되네. 그렇다면 이제부터는 간단하군.

그렇게 방 크기를 줄여가며 전진하다가 16번 방에서 실수하고 말았다. 16번 방은 한 변의 길이가 2^{15}인데 숫자카드로 '$\div 2^{16}$'을 던지고 만 것이다.

고난도   앗, 실수다!

그러나 한 번 던진 카드를 다시 회수할 수는 없었다. 이전보다 훨씬 더 큰 요동을 일으키며 방이 줄어들었는데 크기가 손바닥만 해졌다.

고난도 $2^{15} \div 2^{16} = 2^{15-16} = 2^{-1}$이네. $2^{-1}m$면 길이가 얼마지?

고난도는 꼼꼼하게 길이를 측정했다.

고난도 $0.5m$네. 그러면 $\dfrac{1}{2}m$란 말인데…, 그렇다면 2^{-1}은 $\dfrac{1}{2}$이구나.

한 변이 $0.5m$인 방은 도저히 지나갈 수 없기에 방을 키워야 했다. 고난도는 '$\times 2^{1}$카드'를 던졌다. 카드는 곧바로 반응을 일으켰고 이번에는 한 변의 길이가 $1m$인 방으로 변했다.

고난도 2^{-1}에 '$\times 2^{1}$'을 넣었더니 $1m$가 되었군. 그러면 $2^{-1} \times 2^{1} =$

$2^{(-1)+1}=2^0$인데, 그럼 2^0은 1이구나. 하긴 2^0이 1이 되어야 말이 되긴 하네. $2 \div 2 = 1$이니까.[12]

21번째 방을 지나는데 연산균, 나우스, 미지수지가 나누는 통신이 들렸다. 64개 관문이 기본이라는 말을 듣고는 카드를 확인했다. 얼마나 반복해야 할지 몰라서 고민이 많았는데 64번이라는 제한선이 생기자 계획이 분명해졌다. 어느 한 숫자를 너무 많이 쓰지 않도록 주의하며 계획을 세웠다. 숫자 2는 소인수분해를 하면서 충분히 모아두었기에 걱정이 없었다. 64번째 방까지 일사천리로 방 크기를 줄여 가며 돌파했고, 얼마 지나지 않아 마지막 관문을 통과했다.

황금비가 마주한 공간은 고난도와 비슷했지만 조금 달랐다. 높이는 변하지 않았다. 다만 황금비가 발걸음 하나씩 내디딜 때마다 가로와 세로 길이가 기하급수로 늘어났다. 가로와 세로의 길이가 늘어나니 '가로×세로'로 구해지는 면적도 그만큼 넓어졌다. 일단 늘어난 면적은 뒤로 물러나도 줄어들지 않았다.

황금비는 가만히 멈춰 서서 방을 세심하게 관찰했다. 아무리 관찰해도 특별한 점은 발견하지 못했다. 황금비는 주변에 혹시나 카메라가 있는지 확인한 뒤에 스카프를 풀고 목걸이를 꺼냈다. 목걸이에서 붉은빛이 나오며 사방을 비췄다. 허공에 $(ab)^n=a^n b^n$란 수식이 떠 있었다.

---

12 a^0이 1인 이유 : $a^n \div a^n = a^{n-n} = a^0$. 어떤 수든 같은 수끼리 나누면 1이다. 따라서 $a^0=1$.

황금비　　　$ab=a \times b$이고, 그건 '가로×세로'로 면적을 나타내는 공식이고…, n승은 내 발걸음과 연동되어 커진 거구나. 내가 걸으면 걸을수록 엄청나게 면적이 늘어나겠는데…. 여길 통과하려면 저 공식을 깨뜨려야 해.

원리는 금방 파악했지만, 공식을 깨뜨릴 방법은 딱히 찾을 수 없었다. 앞으로 나가지도 못하고 뒤로 물러나지도 못한 채 한참을 그대로 머물렀다. 그러다 무심코 목걸이 아래에 달린 보석을 건드렸더니 붉은빛이 파도를 치듯 흐르면서 공식을 흔들었다. 황금비는 고개를 갸웃하더니 보석을 이리저리 움직여 보았다. 그에 따라 공식도 움직이다가 마침내 공식이 변형되었다.

$$\left(\frac{a}{b}\right)^n = \frac{a^n}{b^n}$$

황금비　　　a가 b보다 큰 수면 계속 커지고, 작은 수면 면적이 줄어들겠네. 그럼 어디 한번….

황금비가 발을 내딛자 면적이 넓어졌다. 그러나 그 이전과는 달리 그리 커지지 않았다.

황금비　　　그리 커지진 않는데… 문제는 내가 얼마를 걸어야 이 공간을 빠져나갈 수 있는지 알 수가 없다는 점이야. 분수이긴 하지만 n이 큰 수가 되면 대책 없이 공간이 넓어질 수 있어.

황금비는 다시 보석을 손에 대고 움직였다. 그에 따라 공식도 움직였다. 한참 움직이자 드디어 원하는 형태로 변형이 되었다.

$$(\frac{a}{a})^n = 1^n$$

황금비   1은 아무리 제곱을 많이 해도 공간이 그대로야. 그렇다면 내가 아무리 걸어도 공간이 늘어나지 않는다는 뜻이지. 거듭제곱 법칙[13]을 이용해 이런 관문을 만들어 내다니, 이 목걸이가 없으면 통과할 방법이 없겠어.

황금비는 목걸이를 다시 스카프 속으로 집어넣었다.

---

13   거듭제곱 법칙 총정리
- $a^n \times a^m = a^{n+m}$
- $(a^n)^m = a^{nm}$
- $(ab)^n = a^n b^n$
- $(\frac{a}{b})^n = \frac{a^n}{b^n} \ (b \neq 0)$
- $a^m \div a^n = \begin{cases} a^{m-n} & (m>n) \\ 1 & (m=n) \\ \dfrac{1}{a^{n-m}} & (m<n) \end{cases}$
       $\hookrightarrow a^{-n} = \dfrac{1}{a^n}$
       $\hookrightarrow a^0 = 1$

황금비   이 목걸이로 어쩌면… 그들을 물리칠 수도 있겠어.

황금비는 빠른 걸음으로 방을 지났다. 발걸음을 아무리 옮겨도 공간은 그대로였다. 공간 끝에 이르자 작은 문이 나타났고, 손으로 밀자 아무 저항 없이 열렸다. 문을 열고 나오니 바로 옆문에서 고난도가 나오는 게 보였다. 고난도에게 다가가려는데 작은 건물에서 한 아바타가 나왔다. 고난도와 황금비는 눈짓을 주고받고는 얼른 몸을 숨겼다. 그 아바타는 가장 큰 건물로 향했는데 입구에서 잠시 머뭇거리더니 숫자판을 누르고는 안으로 들어갔다. 고난도와 황금비는 곧바로 그 아바타가 들어간 문으로 다가갔다.

고난도   투명한 보호막이야. 벌써 닫혔어.
황금비   숫자판은 그대로야.
고난도   여기 서서 뭘 살폈는데, 뭘 봤을까?

황금비는 머뭇거리지 않고 목걸이를 꺼냈다. 목걸이 끝에 달린 보석을 만지자 투명막에서 지수로 된 숫자들이 움직였다. 거듭제곱 형태로 된 숫자 여러 개가 투명막 위에서 움직였다.

고난도 10^4은 3개, 10^3은 5개, 10^2은 7개, 10^1은 6개, 10^0은 4개야.
황금비   저걸 다 곱해야 하는 걸까?

고난도	$10^4 \times 10^4 \times 10^4$을 하면 $10^{4+4+4}=10^{12}$이야. 비밀번호가 이렇게 복잡할 리가 없어.
황금비	그러면 곱셈이 아니라 덧셈인가?
고난도	아무래도 그래 보여. $10^4+10^4+10^4$이니까 3×10^4이고, 10^3은 다섯 번 더해야 하니까 5×10^3이야.[14] 이런 식으로 하면 $3 \times 10^4+5 \times 10^3+7 \times 10^2+6 \times 10^1+4 \times 10^0$이니까….[15]
황금비	값이 35,764야. 그게 비밀번호네.

숫자판에 비밀번호를 누르자 투명막이 열리면서 집 안에서 대화하는 소리가 들렸다. 녹음하면 좋겠지만 그럴 수 없었다. 메타버스에서는 상대방이 동의하지 않는 촬영이나 녹음은 아예 불가능하다. 철저한 사생활 보호 장치 가운데 하나로 그 어떤 방법으로도 깰 수 없는 초강력 알고리즘이다. 그래서 녹음은 못 하고 그저 듣고만 있어야 했다.

아바타	아무리 그래도 그렇지 즉각 폐쇄할 필요는 없지 않습니까?
아바타2	사장님 지시다.
아바타	개설한 지 얼마 되지도 않았고 비용도 많이 들어갔는데….
아바타2	위험은 피해야 한다. 혹시라도 메타버스 관리 AI가 의심하

---

14 거듭제곱의 덧셈과 곱셈 : $10^4+10^4+10^4$은 3×10^4이고, $10^4 \times 10^4 \times 10^4=10^{4+4+4}=10^{12}$이다.

15 $(3 \times 10^4)+(5 \times 10^3)+(7 \times 10^2)+(6 \times 10^1)+(4 \times 10^0)=30,000+5,000+700+60+4=35,764$

면 안 되니까.

아바타1 도리짓고가 모든 비밀을 발설했을 거로 생각하십니까? 그 녀석은 절대 그럴 리가 없습니다. 도박을 하지 않으면 하루 도 메타버스에서 지내지 못하는 놈입니다.

아바타2 나도 그 녀석을 안다. 그러나 도리짓고가 너클리드 손에 들 어간 이상, 위험을 감수할 필요는 없다. 너클리드가 얼마나 무서운지는 너도 잘 알지 않느냐?

이들은 아직 도리짓고가 너클리드에게 잡혀 있는 줄 알고 있었다.

아바타1 죄송합니다. 최선을 다해 공격했지만….

아바타2 이해한다. 너클리드는 어려운 적이다.

아바타1 너클리드가 도리짓고를 이용해 뭘 하려는 걸까요?

아바타2 어떤 짓을 꾸미든 이곳을 폐쇄하고 도리짓고와 연결된 모든 고리를 끊으면 너클리드라고 별수 없을 것이다. 도리짓고에 관한 조치는 다 취했겠지?

아바타1 네. 지시하신 대로 모든 아이템을 회수했고, 통신망도 끊었 습니다. 지나온 흔적도 모조리 지웠으니 다시는 우리를 찾지 못할 것입니다. 채무 청구와 자격정지 조치까지 다 취했으니, 앞으로 한 번이라도 메타버스에서 접속을 끊고 나가면 빚을 다 갚기 전까지는 메타버스에 들어오지 못하게 될 것입니다.

아바타2	잘했어. 지금 즉시 이곳 외부 연결망을 폐쇄하고 평범한 두 레채로 보이게 해.
아바타	알겠습니다. 즉시 시행하겠습니다. 그런데 언제쯤 다시 열어도 되는지 여쭤 봐도 되겠습니까?
아바타2	사장님께는 큰 계획이 있어. 그 계획이 얼마 남지 않았으니, 계획이 완료되면 아주 큰 무대가 열릴 것이다.
아바타	기대하고 있겠습니다.

대화가 끝나고 움직임이 느껴졌다. 고난도와 황금비는 재빨리 몸을 숨겼다. 잠시 뒤 문이 열리며 양복을 갖춰 입은 아바타가 나왔다. 구두와 양복을 보니 메타버스에서도 입은 사람이 거의 없는 최고급 회사에서 만든 아이템이었다. 머리부터 발끝까지 외모와 체형도 최상급이었다. 겉모습만 봐도 '전'이 얼마나 많은지 알 수 있었다. 그 아바타는 아이템팔찌를 열더니 작은 장치를 마당 한가운데에 설치했다.

황금비	휴대용 단축이동기야.

황금비가 귓속말로 고난도에게 말했다.

고난도	단축이동기는 메타버스 특정 지점에만 고정된 장치가 아니었어?

황금비	워낙 비싼 아이템이라 나도 듣기만 했을 뿐 본 건 처음이야.
고난도	'전'이 정말 많나 보네.
황금비	저게 다 청소년들을 도박판으로 끌어들여서 번 '전'이라는 게 문제지.
고난도	저자가 누구인지 뒤쫓아야 하는데, 단축이동기로 가 버리면 추적할 수가 없잖아.
황금비	그러지 않아. 나에겐 목걸이가 있잖아.

양복을 입은 아바타는 휴대용 단축이동기 화면을 켜더니 이동 기능을 작동시켰다. 흰빛에 휘말리며 아바타가 사라졌다. 황금비는 곧바로 뛰어나가 목걸이에서 붉은 불꽃이 일렁이는 부분을 만졌다. 붉은빛이 휴대용 단축이동기를 비추자 홀로그램처럼 허공에 이동 방향과 거리가 복잡한 형태로 나타났다. 원래 메타버스에서는 단축이동기를 통한 움직임은 아무도 추적할 수가 없다. 이동 방식이 암호화 되어서 탐색이 불가능하다. 그런데 황금비가 가진 목걸이는 미지수 형태로 그 이동 경로를 보여주었다.

황금비	곧바로 가지 않고 여러 곳을 거치고 있어.
고난도	혹시 모를 추적이나 의심을 피하려고 이렇게까지 하다니….

그냥 기억하기에는 워낙 복잡해서 재빨리 아이템팔찌에서 기록장치

를 꺼내 적바림을 했다. 잠시 뒤 강한 흰빛이 쏟아지더니 휴대용 단축이 동기도, 홀로그램도 모두 사라졌다.

고난도 우리도 나가자. 여기 계속 있다가는 들킬지도 몰라.
황금비 그래, 친구들한테도 연락하자.

고난도와 황금비는 5번 문을 열고 집 밖으로 나왔다. 나올 때는 아무런 장애물이 없었다. 그러고는 친구들에게 연락해서 목적을 이루었으니 뒤로 물러나라고 전했다. 연락했지만 친구들이 밖으로 빠져나오는 데는 상당한 시간이 걸렸다. 그동안 황금비와 고난도는 그 아바타가 어디로 갔는지 정확히 알기 위한 계산을 했다.

휴대용 단축이동기 정면이 Y축 플러스 방향이고, 수직으로 오른쪽이 X축 플러스 방향인데, 이동 방향과 거리는 X축과 Y축 방향이 전혀 다른 형태로 나타났다. 먼저 X축 이동거리는 복잡한 다항식 형태로 나타났다. 그 식을 고난도가 적바림했는데 다음과 같았다.

$$-2(x^2-2x+20)-3x(5-2x)+(2x^3)^2+(6x-30)\div 3$$
$$-(x^5+x-4)4x=-1$$

고난도 어휴, 뭐 이렇게 복잡한지.

황금비   하나씩 정리하다 보면 단순해질 거야. 먼저 곱셈의 분배법칙[16]
을 이용해서 괄호부터 풀자.

고난도   괄호를 풀 때 마이너스 기호를 조심해야겠어. 잘못 계산하
면 기호가 반대가 되니….

$$-2(x^2-2x+20)=-2x^2+4x-40$$
$$-3x(5-2x)=-15x+6x^2$$

황금비   거듭제곱 법칙에 주의하며 지수를 처리해야 해.

$$(2x^3)^2=2^2x^{3\times2}=4x^6$$

고난도   나눗셈은 역수로 바꿔서 곱셈하면 되고….

$$(6x-30)\div3=(6x-30)\times\frac{1}{3}=2x-10$$

황금비   마지막 수식은 마이너스에 주의를 기울이면서… 분배법칙
도 지키고….

$$-(x^5+x-4)4x=-4x^6-4x^2+16x$$

---

16   곱셈의 분배법칙 : $A(B+C)=AB+AC$

고난도   정리한 것을 모두 한데 모으면···, 꽤 기네.

$$-2x^2+4x-40-15x+6x^2+4x^6+2x-10-4x^6$$
$$-4x^2+16x=-1$$

황금비   계산을 하려면 동류항끼리 모아야 해.

$$(4x^6-4x^6)+(-2x^2+6x^2-4x^2)+(4x-15x+2x+16x)$$
$$+(-40-10)=-1$$

고난도   동류항끼리 계산을 하면 간단해지네. 그냥 1차 방정식이야.

$$7x-50=(-1)$$
$$7x=49$$
$$x=7$$

황금비 X축 방향으로는 7만큼 이동했어. 아무래도 $7km$겠지?

고난도 $7cm$나 $7m$는 아닐 테니 그럴 거야.

황금비 Y축 이동 거리는 형식이 많이 달라.

황금비는 자신이 적바림한 글을 보여 주었다.

"전체의 $\frac{1}{6}$ 을 첫 단축이동에서 위쪽으로 갔으며, 또 전체의 $\frac{1}{12}$ 을 둘째 단축이동에서 위쪽으로 움직였으며, 셋째 단축이동에서 $\frac{1}{7}$ 을 같은 방향으로 갔다. 그 뒤 $5km$를 같은 방향으로 자동차를 타고 이동한 뒤에 다시 단축이동기를 써서 전체 이동 거리의 절반을 같은 방향으로 움직였다. 마지막으로 $4km$를 다시 올라가서 목적지에 도착했다."[17]

황금비   이걸 방정식으로 바꿔야 해.

고난도   위쪽 방향 이동 거리 전체를 미지수 y로 놓으면 되지 않을까?

$$\frac{1}{6}y+\frac{1}{12}y+\frac{1}{7}y+5+\frac{1}{2}y+4=y$$

황금비   방정식으로 써 놓고 보니 간단하네. 이제 동류항끼리 묶고, 분수는 분모를 다 같게 통분을 해야겠어.

$$\frac{14}{84}y+\frac{7}{84}y+\frac{12}{84}y+\frac{42}{84}y+5+4=y$$

---

17   이것은 디오판토스의 묘비에서 따온 것이다. 묘비에 적힌 글은 다음과 같다. "디오판토스는 인생의 $\frac{1}{6}$ 을 소년으로 보냈고, 인생의 $\frac{1}{12}$ 을 청년으로 살았다. 다시 $\frac{1}{7}$ 이 지난 뒤에 결혼했고, 결혼한 지 5년 뒤에 아들을 얻었다. 그러나 아들은 아버지 인생의 반밖에 못 살았다. 아들을 잃고 슬픔에 빠진 디오판토스는 4년 동안 수학으로 자신을 스스로 달래다가 일생을 마쳤다."

고난도   분수 계산을 하면….

$$\frac{75}{84}y + 9 = y$$
$$\frac{9}{84}y = 9$$
$$y = 84$$

황금비   됐다! Y축으로 $84km$ 이동했어.

고난도 X축으로 $7km$, Y축으로 $84km$… 어디인지 확인하려면 메
타버스 지도가 필요해.

고난도는 메타버스 지도를 꺼내서 좌표평면을 그린 뒤 X축과 Y축에 km 단위로 숫자를 표시했다. 거리를 다 표시하고 X축, Y축 순서쌍 값인 (7, 84)에 맞는 지점을 지도에서 확인했다. 지도를 확인하자마자 고난도 와 황금비는 서로를 마주보았다.

고난도   도리짓고 말이 맞았어.

황금비   아니길 바랐는데….

03. 아이돌 공연과 부등식 게임

: 일차부등식 :

단축이동기에서 나오자마자 목표지점으로 이동했다. 단축이동기에서 나온 미지수지 표정이 유난히 어두웠다. 믿고 싶지 않은 현실을 외면하고 싶은 기색이 역력했다. 단축이동기에서는 연산균 일행뿐 아니라 수많은 청소년이 쏟아져 나왔다. 왜냐하면 그곳은 인기 절정을 달리는 남자 아이돌그룹 '더미언'과 떠오르는 여자 아이돌그룹 '아르테미스'가 소속된 기획사가 설치한 전시장과 판매장이기 때문이다. 적어도 하루에 수만 명, 많을 때는 수십만 명이 세계 곳곳에서 찾아오는 곳이니 인파로 북적댈 수밖에 없었다. 기념품 판매장과 전시장, 공연 영상과 개인별 생활 영상, 팬들과 만나는 영상과 사진이 곳곳에 설치되어 있었다. 각종 체험관도 많았는데 유난히 팬들이 많은 곳은 뮤직비디오 체험관이었다. 더미언과 아르테미스 뮤직비디오에 자신을 집어넣은 영상을 만들어 주는데, 비용을 꽤 많이 지불해야 하지만 영상을 현실의 본인에게 직접 전송해 주기 때문에 인기가 많았다.

황금비   저길 봐.

황금비가 손으로 가리킨 곳에는 거대한 공연 포스터가 걸려 있었다. '메타버스 사상 최대 규모 우주 공연', '아르테미스와 더미언이 함께 꾸미는 환상의 무대'라는 문구와 함께 우주를 배경으로 더미언과 아르테미스 소속 가수들이 찍은 사진이 눈길을 끌었다.

미지수지   공연을 한다는 말은 예전부터 알고 있었어. 표를 구하기가
          거의 불가능할 거라는 소문이 자자해. 구할 수 있다고 해도
          나한테는 저 표를 살 '전'이 없지만….

미지수지는 더미언 팬이다. 초창기부터 팬이어서 두레모임을 할 때도 더미언 얘기를 자주 했다. 그런 미지수지이기에 도리짓고 입에서 더미언이 언급되자 기겁을 했던 것이다.

미지수지   설마 저 공연과 관련된 음모일까?
황금비   그거야 알아봐야겠지만, 아무래도 그렇지 않겠어? 조만간

큰일을 벌인다고 했고, 바로 앞에 놓인 최대 규모 행사가 우주 공연이니 뭔지는 모르지만, 어떻게든 관련이 있을 거야.

나우스 아르테미스는 나도 좋아해. 아르테미스한테 나쁜 일이 생기면 안 되는데.

고난도 잠깐만, 저기 그 사람 지나가는데….

미지수지 그 사람이라니, 누구?

고난도 도박장에 와서 폐쇄 명령을 내리고 간 사람. 저기 저 사람이야.

고난도가 손가락으로 가리킨 곳은 높은 건물 꼭대기 층이었다. 건물이 전면 유리라 모습이 밖에서도 보였다. 고난도는 쌍안경을 꺼내 미지수지에게 건넸다. 미지수지는 쌍안경으로 자세히 살피더니 메타버스가 꺼질 듯한 한숨을 내쉬었다.

미지수지 휴…, 더미언 매니저 중 한 사람이야.

나우스 정말이야?

미지수지 예전에 행사에 갔다가 가까이서 본 적이 있어. 난 더미언과 관련한 사항은 하나도 잊지 않고 또렷하게 기억해. 분명히 매니저가 맞아.

고난도 누가 왔어.

미지수지는 다시 쌍안경을 들었다.

미지수지	기획사 사장이야. 팬들 사이에서는 주피터로 불려. 그리스·로마 신화에 나오는 주피터처럼 대단한 능력자거든.
고난도	심각한 대화를 나누는 모양인데….
황금비	혹시 저 대화를 들을 수 있을까?
고난도	이렇게 아바타들이 북적거리는 곳에서는 방법이 있어도 하면 안 되지.
황금비	이목이 없는 곳에서는 들을 방법이 있다는 거야?
고난도	못 할 건 없지.
황금비	그럼 빨리 들어가자. 저기 카페에 작은 모임 공간이 있어.

황금비는 일행을 이끌고 카페로 들어가더니 비용을 지불하고 재빨리 작은 방으로 들어갔다. 방은 외부 시선이 완전히 차단된 공간이었다.

황금비	혹시 모르니 대화설정을 귓속말로 바꿔.
나우스	들을 수 있는 방법이 뭐야?
고난도	떨어진 거리에서 소리를 들을 수 있는 장치.

고난도는 아이템팔찌에서 작은 무전기처럼 생긴 기계를 꺼냈다. 전원을 켜고 안테나를 길게 뺀 뒤에 탁자 위에 올려놓으니 주변 건물이 홀로그램으로 펼쳐졌다. 고난도는 눈금이 그려진 작은 손잡이를 돌렸다. 초록색 선이 뻗어 나가더니 주피터와 매니저가 대화하는 장소를 가리켰다. 또

다른 눈금 손잡이를 돌리자 초록색 선이 파동처럼 파르르 진동했다.

황금비   넌 도대체 이런 이상한 장비는 왜 가지고 다니는 거야?

고난도   사냥터에서 밤중에 아무것도 안 보일 때 사냥감을 추적하
          는 용도야. 짐승들이 눈에 보이지 않지만, 소리는 들리거든.
          그 소리를 찾아서 확인하고 추적을 하는 거지.

황금비   기가 막히다 정말….

나우스   소리가 안 들리는데….

고난도   주파수를 맞춰야 해. 모든 소리를 듣는 게 아니라 특정한 주
          파수에 맞는 소리만 골라서 증폭을 시킨 뒤에 들리게 하는
          방식이거든.

고난도는 손잡이를 잡고 조금씩 돌렸다. 그에 맞춰서 초록색 파장이
조금씩 조밀해졌다. $80Hz$를 넘어가니 잡음이 들리고 $110Hz$를 넘어가
니 목소리가 조금 들리는 듯했다.

나우스   조금 더 주파수를 올려 봐.

고난도가 손잡이를 돌려서 주파수를 $140Hz$까지 빠르게 올렸다. 중
간에 목소리가 조금 들렸다가 다시 잡음이 섞였다.

미지수지	140Hz보다는 낮춰야겠어.
황금비	110Hz보다는 높게, 140Hz보다는 낮게.

주파수를 130Hz로 천천히 내리자 목소리를 구분할 수 있었다. 그러나 약간씩 잡음이 섞여서 단어가 안 들리는 경우가 있었다. 그래서 조금씩 더 내렸다. 조금 빨리 손잡이를 돌리는 바람에 주파수가 120Hz까지 내려가니 다시 잡음이 들렸다.

나우스	120Hz와 130Hz 사이야. 그 주파수 영역 밖으로 나가면 잡음이 많이 섞여.
고난도	두 사람 목소리 주파수가 조금 달라. 주피터는 120Hz에 가깝고, 매니저는 130Hz에 가까워.
황금비	120Hz와 130Hz 사이에 주파수를 맞춰 놓고, 선명하지 않게 들릴 때마다 조정하자.
고난도	알았어. 120Hz보다는 높게, 130Hz보다는 낮게. 이건 부등식이네.[18]
미지수지	이제 조용히 해. 대화가 들려.

---

18 부등식 : 부등호 >, <, ≥, ≤를 사용하여 수 또는 식의 대소 관계를 나타낸 식. 이 장면에서는 주파수(Hz)를 맞추는 과정을 통해 부등식의 개념을 이해하도록 하였다. 청취 가능 영역을 부등식으로 나타내면 '120Hz < 청취 가능 주파수 < 130Hz'

잡음이 거의 섞이지 않는 대화가 선명하게 들렸다. 기획사 사장인 주피터는 묵직하고 어두운, 매니저는 얇고 부드러운 음색이었다.

주피터   상자는 준비됐지?

매니저   모의실험까지 마쳤습니다.

주피터   옮기는 데 어려움은 없겠어?

매니저   다른 공연 물품 상자와 똑같이 만들어서 화물로 이미 보냈습니다.

주피터   잘했어. 우리 보물들이 탈출할 비행선은?

매니저   비상탈출용 비행선을 이중으로 준비해 두었습니다.

주피터   보험 계약은 어떻게 됐어?

매니저   사장님이 말씀하신 내용을 계약서에 모두 포함해서 마무리 지었습니다.

주피터   보험사에서 이상하게 생각하지는 않던가?

매니저   평소에 워낙 세세하게 간섭을 많이 했던 탓에 이번에도 팬들을 생각하나 보다 하며 별다른 문제를 제기하지 않았습니다.

주피터   하긴, 거기서 사고가 나리란 생각을 누가 하겠어. 예매 마을은 어떻게 됐지?

매니저   1단계는 내일 6시에 열리고, 2단계는 모레 6시에 열립니다.

주피터   준비는 완벽하겠지?

매니저   직접 확인해 보시죠.

한동안 부스럭거리고, 누르고, 두드리는 소리가 들렸다.

주피터   내 의도를 완벽하게 구현했군. 역시 자네한테 맡기기를 잘
              했어.

매니저   감사합니다.

주피터   이번 계획이 차질 없이 진행되면 우리는 단순한 기획사에서
              벗어나 광활한 메타버스를 호령하는 거대기업이 될 수 있어.
              이번 계획이 얼마나 중요한지는 잘 알지?

매니저   네. 잘 알고 있습니다.

주피터   꼭 성공해야 해. 그리고… 어제 만났던 그 일은 어떻게 됐어?

매니저   그게 조금 어려운 사정이…, 혹시 모르니 잠시 귓속말 대화
              로 전환하시죠.

귓속말 대화는 도청이 불가능하기에 귓속말 대화가 끝나길 기다렸지
만 다시는 대화가 들리지 않았다. 미지수지가 쌍안경을 들고 카페 밖으
로 나갔다가 돌아왔다.

미지수지   그 방에 아무도 없어.

고난도는 기계를 끄더니 아이템팔찌에 넣었다.

나우스   도대체 우주 공연에서 뭘 하려는 걸까?

미지수지   팬들 사이에서는 벌써 난리가 난 공연이야. 메타버스에서 가장 비싸고 신기한 공간인 우주를 직접 체험하고, 거기서 대규모 공연을 한다고 해서 다들 '전'을 잔뜩 준비해 놓고 예매만 기다리고 있어. 나도 '전'만 있으면 가 보고 싶은 공연이야. 물론 '전'이 있다고 해서 표를 구할 수는 없어. 예전부터 더미언 공연은 워낙 경쟁이 치열해서 단 1초도 안 걸려 표 예매가 끝났으니까. 이번에는 두 단계로 나눠서 표를 예매하는데, 한꺼번에 팬들이 몰려드는 걸 막기 위해 1단계에서 걸러내는 장치를 둔다고 해. 1단계가 뭔지는 아무도 몰라. 팬들끼리 1단계가 무엇일지 추측하느라 난리도 아니야.

연산군   단순한 공연 같지는 않은데.

황금비   그냥 공연이면 저런 대화를 안 하지. 탈출용 비행선, 사고, 보험이란 단어에서 풍기는 느낌이 몹시 어두워. 특히 '상자'란 말이 불길해.

미지수지   설마, 어떤 음모라도 꾸미고 있다는 거야?

황금비   그렇게 봐야지 않겠어?

미지수지   이런 대규모 우주 공연은 성공만 해도 엄청난 뉴스가 돼.

황금비   너도 들었잖아. 이번 일이 성공하면 거대기업이 된다고. 단순히 공연을 성공리에 개최한다고 해서 거대기업이 되지는 않아. 분명 어떤 음모가 있어.

미지수지   그게 뭔데?

황금비   그게 뭔지 알려면….

황금비가 카페 창문 밖으로 비치는 거대한 포스터에 눈길을 던졌다.

고난도   저 공연장에 직접 가야지.

미지수지   그건 불가능해.

나우스   '전' 걱정은 마.

미지수지   '전'이 문제가 아니야. 경쟁이 장난이 아니니 그렇지. 무엇보다 1단계가 뭔지 아무도 몰라.

황금비   일단 해 보자. 저들이 못된 짓을 꾸미는데 그냥 지켜볼 수는 없잖아.

그다음 날, 일행은 모두 '수학탐정단' 두레채에 모였다. 6시가 되자마자 예매를 위해 설치된 마을에 원격으로 접속했다. 마을은 수천 곳이나 되는 구역으로 쪼개져서 수백만 명이 접속해도 아무런 지장이 없었다. 입구에는 1단계 과정을 알리는 안내판이 설치되어 있었다. 안내판을 보고 미지수지가 한숨을 내쉬며 뒤로 물러났다.

미지수지	이런 어처구니없는 장벽을 만들다니….
황금비	팬들한테 돈을 뜯어내려고 작정을 했네.
미지수지	어차피 가난한 팬들은 우주 공연에 갈 수도 없지만, 1차 관문부터 저렇게 장벽을 쳐 버리면 아예 시도할 생각조차 하지 말라는 거잖아.
고난도	포기할까?
나우스	포기는 왜 해? 내가 굿즈 값은 다 낼 테니 걱정하지 마. 문제는 어느 구간을 선택해서 준비해야 할지 알 수가 없으니 '전'이 많아도 대책이 없다는 점이야. 구간 예측을 정확히 못 하면 '전'은 '전'대로 쓰고 표는 구하지 못할 수도 있어.
황금비	표 예매를 빠르게 하려면 저 마을로 들어가서 어떤 구간인지 미리 알아내야 해. 안내문을 보면 마을마다 구간 설정이 다 다르다고 나와 있어. 굿즈 금액 구간뿐 아니라 마을마다 다르게 설정된 고유번호도 알아내야 해.
미지수지	난 내키지 않아. 아무리 그래도 그렇지 예매할 때 신상 굿즈를 사서 구간에 맞는 금액만큼 인증해야 한다니…, 이건 팬들을 이용해 '전'을 벌겠다고 작정한 거잖아. 팬을 돈벌이 대상으로 삼는 짓은 무수히 봐 왔지만 이렇게 지독한 수법은 처음이야. 내가 더미언을 좋아하지만, 저 기획사는 정말 썩었어. 나는 그들이 원하는 대로 장단을 맞추기 싫어.
고난도	장단을 맞춰 주는 게 아니야. 그들이 계획하는 장단을 깨뜨

리려는 거지.

미지수지   과연 우리가 깨뜨릴 수 있을까?

황금비   어려워도 해야지.

고난도   일단 부딪쳐 보자. 혹시 알아? 구간이 아주 소액일지.

미지수지   절대 그럴 리는 없을 거야.

황금비   서두르자. 구역별로 할당 인원을 설정해 두었을지도 모르니까.

수학탐정단 일행은 예매 마을 게임에 접속했다. 수천 개나 되는 게임 구역은 이미 수많은 접속자로 넘쳐났다. 그중에서 그나마 접속자가 적은 구역을 골라서 들어갔다. 설정에 따라 새로운 캐릭터를 만들어야 했다. 캐릭터는 초기 메타버스에서 사용하던 형태여서 현실감도 없고, 움직임도 섬세하지 못했다. 무엇보다 움직이는 캐릭터가 지나치게 많았다. 배경은 오래된 옛날 시장인데 역사책에서나 본 오래되고 낡은 물건과 건물들이 빼곡했다. 골목은 또 어찌나 복잡한지 조금만 정신을 집중하지 않으면 방향 감각마저 상실할 지경이었다.

나우스   뭘 어떻게 해야 하는 거지?

황금비   일단 흩어져서 찾아보자.

뾰족한 수가 없었기에 다들 흩어져서 시장 골목을 돌아다녔다. 어지럽게 걸린 간판과 거미줄보다 복잡한 골목, 난잡하게 진열된 상품들이 혼란스럽기만 했다. 골목마다 캐릭터는 또 어찌나 많은지 캐릭터에 치여서 움직이기 힘든 구간도 많았다. 쉼 없이 돌아다녔지만 별다른 성과가 없었다. 이곳저곳을 정신없이 돌아다니다 길을 잃어버린 나우스와 연산균은 결국 게임을 종료하고 밖으로 나왔다가 다시 들어왔다. 미지수지와 황금비는 한참을 헤매다 출발지로 돌아왔다. 고난도만 포기하지 않고 끝까지 돌아다녔다.

황금비	우린 다 출발지로 왔어. 너도 이쪽으로 와. 힘들면 그냥 게임을 종료하고 다시 들어와도 되고.
고난도	여기는 한정판 천국이야. 사들이지 못하는 설정이 안타까울 뿐이야.
황금비	너, 이제껏 한정판 구경하며 다닌 거야?
고난도	언제 어디서든 한정판을 찾으려는 노력은 게을리 하면 안 돼.
황금비	아무리 한정판이 좋더라도 지금은 그럴 때가 아니잖아!

황금비가 짜증을 냈다. 고난도는 아랑곳하지 않고 게임 속 가게들을 구경하며 돌아다녔다.

| 황금비 | 쟤는 내버려두고 우리끼리 얘기하자. 조금이라도 이상한 점은 얘기해 봐. |
| 미지수지 | 복잡하고 혼란스러워서 어떤 대상에 집중해야 할지 모르 |

겠어.

나우스 　머리가 어지러울 지경이야.

연산군 　여긴 모자가게도 엄청 많아. 모자 쓴 캐릭터도 많고.

미지수지 　그런 얘기를 하는 게 아니잖아요.

연산군 　누가 뭐래… 그렇다는 거지.

게임 속에서 혼자 바쁘게 돌아다니던 고난도가 대화에 끼어들었다.

고난도 　그래도 모자 쓴 캐릭터가 스카프를 한 캐릭터보다는 적어.
　　　　넥타이를 한 캐릭터보다는 많지만.

황금비 　넌 그런 거나 세고 있냐. 어휴 못 말려 정말.

미지수지 　이번에는 금비 말 좀 들어. 중요한 일이잖아.

황금비와 미지수지가 동시에 구박했다. 그때 고난도가 간판을 올려보다가 소리를 질렀다. 모두 깜짝 놀랄 만큼 큰 소리였다.

고난도 　이런! 저기 있었어.

연산군 　뭐야? 찾은 거야?

나우스 　뭘 발견했어?

고난도 　잠시만…, 맞네. 스카프보다는 적고 넥타이보다는 많아. 그
　　　　건 모자를 쓴 캐릭터야.

황금비	무슨 뚱딴지같은 소리야?
고난도	내가 있는 곳 간판….
황금비	간판이 뭐…?
고난도	난잡하게 얽힌 간판과 광고 문구들에 적힌 글자를 조합하면… '스카프보다 적고 넥타이보다 많다'가 나와. 그러니까 어떤 영역에 속한 대상을 찾는 거야. 마치 부등식처럼.
황금비	부등식이라고?
고난도	이곳은 부등식을 활용한 보물찾기 게임이 분명해. '$x<$대상$<y$' 형식으로 구간을 찾는 방법을 곳곳에 숨겨 놓고, 그 구간에 해당하는 대상을 찾으면 보물이 나오는 방식. 나는 모자 쓴 캐릭터를 쫓을 테니 빨리 이쪽으로 와.
나우스	거기가 어딘데?
고난도	옷가게가 몰려 있는 거리야.
황금비	너무 튀게 움직이면 안 돼. 우리가 다급하게 움직이면 다른 아바타들이 눈치챌 수도 있어. 자연스럽게 움직이자.

역시 황금비는 전투행성에서 풍부한 경험을 쌓은 최고 전사다웠다. 일행은 시선을 끌지 않도록 주의하면서 목적지를 향해 빠르게 움직였다. 한편, 고난도는 모자 쓴 캐릭터들을 뒤쫓다가 그들이 일정한 구간을 반복해서 들른다는 사실을 알아냈다. 고난도는 모자 쓴 캐릭터를 뒤쫓는 걸 멈추고 그 거리에서 새로운 부등식을 찾기 위해 간판과 광고 문구를

살폈다. 처음에는 수많은 글자 사이에서 부등식을 나타내는 글귀를 찾아내기가 쉽지 않았지만, 집중력을 끌어올리자 마침내 문구가 선명하게 나타났다.

고난도   빨강보다 짧고 파랑보다 길다. 빨강보다 짧고 파랑보다 길다니… 도대체 무슨 말이지? 빨강과 파랑이라… 빨강과 파랑이라면….

고난도는 빨강과 파랑을 찾으려고 주변을 살폈다. 그 공간에는 색깔이 셀 수도 없이 다양해서 빨강보다 짧고 파랑보다 길다는 실마리로 어떤 대상을 찾기가 몹시 힘들었다.

고난도   단순하게 생각하자. 이 많은 색깔을 모두 주목할 필요는 없을 거야. 부등식으로 대상을 좁혀 가는 방식이라면 대상을 이미 부등식으로 제한해 두었을 거야. 그렇다면… 이런, 이렇게 단순한 문제를 괜히 어렵게 생각했네.

고난도는 모자를 쓴 채 그 거리를 지나는 사람들을 주목했다. 특이하게도 모자 뒤에는 모두 끈이 달렸는데 그 길이가 다 달랐다. 같은 색 모자는 끈 길이가 같았다. 그렇다는 말은 빨간 모자보다 짧고 파란 모자보다 긴 끈을 단 모자를 찾으면 된다는 뜻이었다. 해당하는 모자 색은 발견하기 쉬웠다.

분홍색 모자를 쓴 캐릭터들을 추적했다. 분홍색 캐릭터들도 공통으로 들리는 구간이 있었다. 그곳은 빨래방과 수선소가 밀집한 거리였다. 그 거리에서 다시 부등식을 나타내는 문구를 찾았고, 이번에는 조금 전보다 걸리는 시간이 단축되었다.

> 고난도 까치보다 크고 제비보다 작다. 까치보다 크고 제비보다 작다니… 이런 무슨 황당한….

처음에는 황당했으나 의외로 간단하게 대상을 찾아냈다. 까치빨래방과 제비수선소란 입간판을 발견했는데, 그 입간판 높이는 미묘하게 차이가 났다. 고난도는 그 입간판 사이에 서서 키가 까치빨래방보다 크고 제비수선소보다 작은 분홍색 모자를 쓴 캐릭터를 찾았다. 이번에는 그에 해당하는 캐릭터가 다섯뿐이었고, 그들은 신발 가게를 꼭 들렀다. 신발 가게 안은 눈이 어지러울 정도로 온갖 글자와 광고로 복잡했지만, 부등식 문구를 찾아내기는 쉬웠다.

> 고난도 네모보다 빠르고 세모보다 느리다. 이곳은 신발 가게니까….

고난도는 대상자들이 신은 신발을 자세히 관찰했다. 캐릭터들이 신은 신발은 비슷했지만, 신발에 박힌 상표들이 달랐는데, 모두 도형이었다.

네모, 세모, 동그라미, 오각형, 사다리꼴이었다. 그들은 걷는 속도가 조금씩 달랐는데 네모보다 빠르고 세모보다 느리게 걷는 캐릭터는 딱 하나, 바로 동그라미가 박힌 신발을 신은 캐릭터였다. 그 캐릭터를 계속 미행했는데 특별한 점이 발견되지 않았다. 계속 같은 공간을 따라서 움직였다. 그러다가 특이한 지점에서 독특한 행동을 하는 걸 확인했다. 인적이 드문 골목을 통과하면서 낡은 문 앞을 지날 때 손으로 문을 툭 건드렸다. 문은 삐거덕거리며 흔들렸는데 마치 주목해서 보라고 알려 주는 듯했다. 문에는 작은 글씨로 번지수가 적혀 있었다. 모든 가게에는 빠지지 않고 번지수가 붙어 있었는데, 유일하게 가게도 아닌 곳에 붙은 번지수였다.

고난도   혹시 이게 고유번호일지도 몰라.

고난도는 번지수를 기록한 뒤에 문을 열고 안으로 들어갔다. 그곳은 이제까지와 비슷하면서도 달랐다. 시장이라는 점은 비슷했지만, 이전 시장과 달리 고풍스러운 운치가 풍겼다. 여전히 간판과 문구가 혼란스러웠지만, 추상화처럼 예술미가 느껴졌다. 고난도는 들어가자마자 부등식을 만들어 내는 문구를 찾았고, 어렵지 않게 발견했다.

고난도   목욕탕보다 낮고 화장실보다 높다. 간단하네. 저기 보이는
          목욕탕보다는 낮고 공용화장실이 있는 건물보다는 높은 위
          치인 거리로 가라는 뜻이겠군.

고난도는 공용화장실을 곧바로 찾아냈다. 목욕탕은 옛날식으로 굴뚝이 높게 솟아 있어서 어디서나 볼 수가 있었다. 공용화장실을 지나자마자 부등식 문구를 찾아냈다. 이번에는 '나무보다 강하고 콘크리트보다 약하다'였다. 나무와 콘크리트 사이, 그것은 벽돌이었다. 골목 중에 벽돌로 담장을 쌓은 곳으로 갔다. 벽돌로만 담장을 쌓은 거리에서 다시 부등식 문구를 만났다. 이번에는 '손수레보다 넓고 자동차보다 좁다'라고 하는 문구였다. 골목 폭을 지칭한다는 점을 금방 알아차리고 그에 맞는 골목으로 들어갔다. 그곳에는 허기를 자극하는 음식점들이 늘어서 있었다.

고난도   만두보다 차갑고 붕어빵보다 뜨겁다. 만두를 찌는 가게에서는 김이 무럭무럭 나고 붕어빵을 파는 가게는 열을 사용하지만 김은 안 나. 만두와 붕어빵 사이, 살짝 김이 나는 가게는 … 어묵 가게다!

고난도는 어묵 가게 안으로 들어갔다. 어묵 가게 벽은 온통 신문지로 도배가 되어 있는데 글씨가 워낙 많아서 혼란스러울 지경이었다. 대부분은 뉴스를 담은 기사였는데 몇몇 신문지에는 광고가 실려 있었다. 광고를 살피던 고난도는 부등식 문제 두 개를 찾아냈다.

고난도   이거군. 어디 한번 풀어 볼까?

첫 문제에서는 정가를 구해야 했다.

문제 1 어묵의 원가는 9,000전이고, 정가의 10%를 할인 판매하여, 원가의 30% 이상으로 이익을 얻으려 한다. 어묵의 정가는 얼마 이상으로 정해야 하는가?

고난도는 일단 구하려는 정가를 X로 놓았다. 그러고는 주어진 조건과 X를 활용해서 부등식을 만들었다.[19]

$$x - \frac{10}{100}x \geq 9{,}000 + \frac{30}{100} \times 9{,}000$$

부등식은 간단하게 풀렸다.[20]

---

19 식 수립 과정.
   ① 좌변 : 정가는 X, 정가의 10%는 $\frac{10}{100}x$, 할인판매이므로 $x - \frac{10}{100}x$
   ② 우변 : 원가는 9,000, 원가에 30% 이득을 붙이면 $\frac{30}{100} \times 9{,}000$
      원가+이득이므로 $9{,}000 + \frac{30}{100} \times 9{,}000$
   ③ '이상'이라고 했으므로 기호는 '≥'을 택해야 함. 그래서 '좌변 ≥ 우변'

20 부등식 풀이할 때 주의할 점.
   ● $a < b$이면, $a+c < b+c$, $a-c < b-c$
   ● $a < b$, $c > 0$이면, $ac < bc$, $\frac{a}{c} < \frac{b}{c}$
   ● $a < b$, $c < 0$이면, $ac > bc$, $\frac{a}{c} > \frac{b}{c}$
   ※ 부등식의 양변에 더하고, 빼면 부등호 방향은 변하지 않는다.
      부등식의 양변에 양수를 곱하고 나누면 부등호 방향은 변하지 않는다.
      부등식의 양변에 음수를 곱하고 나누면 부등호 방향이 바뀐다.

$$\frac{9}{10}x \geq 11{,}700$$

$$x \geq 13{,}000$$

둘째 문제는 전기자동차 광고에서 찾아냈다.

[문제 2] A 전동차는 출발선에서 $400m$ 뒤에 있고, B 전동차는 출발선보다 $1{,}000m$ 앞에 있다. A 자동차는 초속 $0.5m$로 달리고, B 전동차는 초속 $0.4m$로 달린다. B 전동차가 A 전동차에 따라잡히지 않고 달릴 수 있는 시간은?

이번에도 먼저 구해야 할 시간을 x로 설정했다. 따라잡힌다는 말은 거리가 같아지는 뜻이고, 거리는 시간 곱하기 속력이므로 아래와 같은 식이 세워졌다.[21]

$$0.5x - 400 < 0.4x + 1{,}000$$

---

21 부등식 수립 과정.
   ① 좌변 : A 자동차가 이동하는 거리는 x시간×0.5(속력).
      출발지점이 -400이므로 $0.5x - 400$
   ② 우변 : B 자동차가 이동하는 거리는 x시간×0.4(속력).
      출발지점은 1000이므로 $0.4x + 1000$
   ③ B 자동차가 A 자동차에 따라잡히면 안 되므로 '$A < B$'여야 함.

식을 세우고 나니 풀이는 아주 쉬웠다.

$$0.1x < 1,400$$
$$x < 14,000$$

정가와 자동차 문제의 부등식을 연결하니 인증을 받아야 할 굿즈 가격 영역이 자동으로 나왔다.

$$13,000 \leq x < 14,000$$

고난도가 계산을 끝냈을 때 황금비 캐릭터가 가게 안으로 들어왔다.

04. 우주에서 만난 일차방정식

: 연립일차방정식 :

완벽한 원형으로 이루어진 섬이 바다 위에 쌍둥이처럼 나란히 자리했다. 원 안에는 정육각형이 내접하는데, 여섯 개 꼭짓점에서는 정육각형으로 생긴 구조물이 정확히 45°로 기울어져 중심부를 향하여 뻗어 나갔다. 중심에서 만난 여섯 구조물은 중심점에 육각형 공간을 비워 두고 서로 단단하게 결합하였다. 섬 중심점에는 정육각형으로 생긴 구조물이 아래층에서 위층으로 차곡차곡 쌓였는데, 올라갈수록 점점 크기가 작아졌다. 중심구조물 꼭대기에 자리한 정육각형 꼭짓점에는 탄소나노튜브로 만든 초강력 와이어가 하늘 높은 줄 모르고 위로 곧게 뻗어 있었다. 와이어는 그 끝이 어딘지 알 수 없을 만큼 엄청나게 길었다.

미지수지	왜 아직 안 와?
나우스	최신형 오감 신경연결망 장치를 사서 시험 중이야.
미지수지	승강기에 탈 시간이 얼마 안 남았어.
나우스	나는 끝났는데 모둠장 님이 아직 안 끝나서 기다려야 해.
미지수지	늦으면 어떻게 되는지 알지?
나우스	걱정하지 마. 걸리는 시간은 정확히 계산했으니까.
미지수지	약속 시간은 이미 지났어.
나우스	늦지 않게 갈 테니 걱정하지 마.
미지수지	지금 우주승강기가 내려와.
나우스	걱정하지 말라니까.

미지수지 뒤로 육각기둥 모양으로 생긴 승강기가 먼 하늘에서 지상을 향해 내려왔다. 육각기둥 옆면 모서리는 여섯 개 와이어와 단단하게 연결되어서 흔들림 없이 안정된 상태를 유지했다. 승강기는 지상에 가까워질수록 점점 느려졌다.

미지수지	너희는 또 왜 이렇게 안 와?
황금비	고난도가 쓸데없는 고집을 부리는 바람에….
고난도	쓸데없는 고집이 아니야. 자롱이는 내 친구라고.
미지수지	자롱이를 우주에 데리고 가겠다는 거야? 자롱이는 아이템 팔찌에도 안 들어가잖아?

황금비	내 말이…. 그래서 자룡이가 편하게 들어갈 수 있는 가방을 산다고 시간을 허비하고 있어.
고난도	허비가 아니라니까.
미지수지	지금 우리가 탈 승강기가 우주에서 내려오는 중이야. 승강기에 탈 시간이 얼마 안 남았다는 사실만 알아 둬.
고난도	이제 골랐어. 바로 갈게.
미지수지	늦게 오는 쪽이 벌금이야.
나우스	모둠장 님이 방금 시험 운행을 끝냈어. 이제 우리도 갈게.

우주승강기가 지상에 도착했다. 주변을 밝히던 빛이 붉은색에서 푸른색으로 바뀌자 중심부를 정육각형으로 감싼 구조물 꼭대기에서 로봇팔이 뻗어 나와 승강기를 단단하게 붙잡았다. 이어서 중앙구조물 옆면에서 작은 연결통로가 나오더니 승강기와 이어졌다. 각 면마다 6개씩이니 연결통로는 총 36개였다. 주변 빛이 푸른색에서 초록색으로 바뀌자 승강기 문이 열리며 무수히 많은 아바타가 연결통로로 쏟아져 나왔다.

미지수지	이제 탑승하러 가야 해. 늦으면 알아서 해.

미지수지가 통신을 시도했지만, 연락이 닿지 않았다. 우주승강기를 타는 정거장에 오려면 단축이동기를 여러 번 거쳐야 하는데, 단축이동기를 거치는 동안에는 통신이 되지 않기 때문이다. 우주승강기에서는 더는 아

바타들이 내리지 않았다. 미지수지가 인상을 찌푸리는데 바로 옆 단축이 동기에서 흰빛이 나며 고난도와 황금비, 나우스와 연산균이 거의 동시에 나타났다.

고난도	우리가 먼저 도착!
나우스	무슨 소리야. 우리가 먼저 도착했잖아.
미지수지	둘 다 지각이야. 약속을 어겼을 때 벌금이 얼마인지는 알지?
황금비	나는 빼 줘. 고난도 때문이니까.
고난도	칫, 치사해.
미지수지	최신형 오감 신경연결망은 왜 하필 이럴 때 사들인 거야?
연산균	이럴 때니까 샀지.
나우스	기존 신경연결망은 촉각, 시각, 청각만 구현했지만 오감 신경 연결망은 후각과 미각까지 구현했어. 오감을 모두 느끼게 해 준다고.
미지수지	맛은 느껴서 뭐 하게? 어차피 맛을 느낀다고 해서 실제 현실 에서 배가 부른 것도 아닌데⋯.
연산균	그러니 더 좋지. 맛은 느끼고, 살은 안 찌니까.
황금비	그 연결장치는 아직 문제가 많다고 하던데. 구입까지 하는 건 좀 성급하지 않아?
연산균	완벽하지 않을 때, 남들이 안 살 때 사야 멋지잖아.
나우스	우주여행인데 제대로 느끼고 싶었어. 오감을 다 느껴야 완벽

하지 않겠어?

황금비　우주에 냄새가 있을까? 아바타들이 방귀를 뀌는 것도 아니고.

연산군　그거야 모르지.

고난도　크크크, 방귀도 뀌고 냄새도 맡고…, 메타버스도 점점 더 재밌어지겠네.

미지수지　쓸데없는 잡담은 그만해. 탑승 시간이야.

탑승장 입구는 더미언과 아르테미스 팬들로 북적였다. 게임에서 구간을 정확히 파악해 표를 쉽게 구한 이들도 있고, '전'을 엄청나게 사용해서 모든 경우의 수를 대비해 표를 구한 이들도 있었다. 다들 기대감으로 들떠서 잠시도 쉬지 않고 떠들어 대는 통에 탑승장이 무척 시끄러웠다. 아이템팔찌로 신분과 승차권을 확인한 뒤에 에스컬레이터에 올라탔다. 여섯 대나 되는 에스컬레이터가 $45°$로 올라가며 아바타들을 실어 날랐다. 에스컬레이터는 $300m$나 움직인 뒤에야 평평한 층으로 아바타들을 옮겨놓았다. 정면에는 수많은 아바타들을 우주로 실어 나를 우주승강기가 그 거대한 위용을 자랑하며 우뚝 서 있었다. $36,000km$ 상공에 있는 우주정거장까지 뻗은 우주 와이어는 보는 내내 감탄만 나왔다.

미지수지　메타버스이긴 하지만… 엄청나네.

나우스　실제로 우주승강기 건설을 진행하는 업체와 협력해서 설계하고 디자인을 완성했대.

미지수지   헛된 상상인 줄만 알았는데 현실에서도 우주승강기를 건설
한다니, 믿기지 않아.

황금비   지나치게 감상에 젖지 마. 우린 주피터가 꾸민 음모를 파헤
치는 데 집중해야 해.

고난도   맞는 말이지만 즐길 건 즐기자고. 이렇게 많은 '전'을 지불하
고 체험하는 우주여행을 또 언제 해 보겠어.

연결통로 입구를 막은 가림막이 걷히고 드디어 아바타들이 우주승강
기에 탑승했다. 일단은 모두 지정된 좌석에 앉았다. 좌석 앞에는 생체물
약이 준비되어 있었다. 우주승강기가 가속할 때 엄청난 압력이 아바타에
가해지는데, 그로 인해 손실된 알짜힘을 원상회복하게 해 주려는 목적
이었다. 어느 정도 속도가 올라간 뒤에는 좌석에서 벗어나 마음껏 돌아
다니며 우주승강기 밖으로 펼쳐지는 메타버스 풍경을 구경할 수 있었다.
다섯은 나란히 좌석에 앉았다. 빈자리는 빠르게 채워졌다.

안내방송   1분 뒤 우주승강기가 상승합니다. 탑승자께서는 안전벨트를
맨 채 자리에 앉아 주시기 바랍니다. 출발 뒤 몇 분 동안은
강한 충격을 느낄 수 있으므로 예민하신 분들은 신경연결망
결합도를 낮춰 주시기 바랍니다. 알짜힘에 타격을 입으신 승
객은 가속으로 인한 압력이 사라지면 좌석 앞에 준비해 놓

은 생체물약을 드시면 됩니다.

의자 앞에 작은 화면으로 출발할 때까지 남은 시간이 떴다.

황금비   웬만하면 다들 연결망 결합도 수준을 낮추는 게 좋아. 가속
          도로 인해 엄청난 힘이 가해지면 실제 신체에도 충격이 가해
          지니까.
고난도   결합도를 낮추면 우주로 가는 느낌을 제대로 즐기지 못하
          잖아.
황금비   너야 괜찮겠지만 다른 사람들이 다 똑같지 않으니까 그렇지.
          짜릿함을 경험하려다 실제 육체가 충격을 받는 것보다는
          나아.

황금비 말에 따라 미지수지와 연산균, 나우스는 결합도를 가장 낮은
상태로 조정했다. 그러나 고난도는 결합도를 전혀 바꾸지 않았을 뿐 아니
라 설레는 표정을 감추지 않았다.

고난도   10초 남았어.

작은 화면에 적힌 숫자가 10에서 9, 8, 7로 빠르게 줄어들었고, 마침
내 0이 된 순간 승강기가 위로 느리게 올라갔다. 처음에는 천천히 움직였

지만, 점점 가속이 붙었다. 1분쯤 지나자 승강기는 엄청난 속도로 상승했고, 아바타를 통해 전해지는 압력은 상상을 초월하는 수준으로 올라갔다. 중력에 우주승강기가 가속하며 가해지는 압력이 더해졌기 때문이다. 평상시 아바타가 받는 중력보다 5~6배가 넘는 압력이 가해지니 여기저기서 고통스러운 신음이 터져 나왔다. 신경연결망 결합도를 낮췄어도 충격이 완전히 사라지지 않았다.

고난도   와! 대단해. 이건 상상 이상이야.

고난도는 환호성을 지르며 좋아했지만, 다른 이들은 다들 힘들어했다. 황금비조차도 이맛살을 찌푸리며 손에 힘을 주고 고통을 버티고 있었다. 10분이 지나자 더는 속도가 빨라지지 않고 일정한 속도를 유지했다. 그에 따라 아바타가 받는 압력은 차츰 정상으로 돌아왔다.

안내방송   이제부터 안전벨트를 풀고 자유롭게 움직여도 됩니다. 알짜 힘에 손상을 입으신 분은 생체물약을 반드시 챙겨 드시기 바랍니다.

다들 신경연결망 결합도를 다시 높이고 안전벨트를 풀었다. 생체물약을 먹고는 모두들 자리에서 일어나 창문으로 몰려 갔다. 우주승강기에서 바라보는 메타버스를 구경하기 위해서였다.

나우스   상상 이상이다.

미지수지   풍경이 멋지긴 하네.

나우스   나중에 현실에서 우주승강기를 다 지으면 꼭 타 보고 싶다.

황금비   실제 우주승강기는 이거보다 훨씬 규모가 작아. 이동 속도
            도 느리고, 돈도 상상 이상으로 많이 들 거야.

나우스   그래도 꼭 타 보고 싶어.

황금비   36,000km 고도에 있는 정지궤도까지는 3시간 넘게 걸리
            니까 이제부터 쉬어. 도착하면 바빠질 테니.

고난도   구경은 제대로 해야지. 언제 다시 볼지 모르는 풍경인데.

황금비   여기서 바라보는 풍경은 실제 메타버스도 아니고, 진짜 지
            구는 더더욱 아니야. 가상으로 만들어 놓은 풍경에 감탄하
            느라 우리 목적을 잊어버리지는 마.

고난도   까칠하기는….

황금비는 자리에 앉더니 신경연결망을 최소로 낮춘 뒤에 눈을 감았
다. 나우스와 연산균은 곳곳을 다니며 풍경을 구경하느라 정신이 없었
다. 미지수지는 한 곳에 가만히 서서 점점 작아지는 지상의 메타버스를
물끄러미 바라보았다.

미지수지   참 이상해. 오랜 시간을 메타버스에서 지내다 보니 현실보다
            메타버스가 더 현실 같은 느낌이 드는데, 또 이렇게 메타버

스 안에서 메타버스를 관찰자처럼 내려다보게 되다니….

고난도 현실이면 어떻고, 가상이면 어때. 어느 곳에서든 삶을 즐기면 그만이지.

미지수지 넌 참 속 편해서 좋겠다.

고난도 내가 우주승강기에 관해서 공부했는데 들어 볼래?

미지수지 얘기해 봐.

고난도 우주승강기는 고도 $36,000km$에 설치하는데 그 이유가 인공위성이 정지궤도를 유지하기에 가장 좋은 높이기 때문이래.

미지수지 정지궤도가 뭔데?

고난도 지구 자전 속도와 인공위성이 지구를 도는 속도가 똑같아서 지구에서 올려다보면 마치 정지해 있는 것처럼 보인다고 해서 정지궤도라고 해.

미지수지 하긴, 우주승강기는 줄로 지구와 우주정거장을 연결했으니 서로 다르게 회전하면 안 되겠지.

고난도 그러니까 수학자들이 지구 자전 속도를 계산하고, 우주정거장의 회전속도를 계산해서 정확하게 일치하는 지점을 찾아낸 거지. 연립방정식의 해를 찾는 것처럼.

미지수지 연립방정식의 해라니, 재미난 비유야.

고난도 우주승강기 건설에서 가장 큰 문제는 지구가 잡아당기는 중력과 우주정거장이 밖으로 나가려는 원심력이 반대로 작동한다는 거야. 지구와 우주정거장이 와이어를 양쪽에서 잡아당긴다고 생각해 봐. 엄청난 힘이 와이어에 가해지는 거야. 거기다 지구 대기에서 가해지는 다양한 변화와 우주에서 일어나는 수많은 외부 충격에도 변형되지 않을 만큼 단단해야 해. 그래서 탄소나노튜브로 와이어를 만든 거야.

미지수지 그건 나도 조금 알아. 엄청난 신기술이라고 뉴스에서 한참 떠들어 댔잖아.

고난도 우주정거장이 끝이 아니야. 우주정거장 밖으로 다시 길게 와이어를 늘어뜨려서 균형추를 달아야 한대. 왜냐하면 그래야 우주정거장이 전체 구조물에서 무게중심점이 되기 때문이지. 만약 무게중심점이 조금이라도 아래로 내려가면 중력 때문에 불안정해지고, 무게중심점이 밖으로 옮겨가면 와이어에 가해지는 압력이 가중되어서 구조물이 불안정해진대. 이것도 중력과 원심력의 균형을 찾는 건데, 마찬가지로 연립방정식의 해와 같아.

미지수지 그걸 다 수학으로 계산해서 정확한 거리에, 적절한 무게가 나가는 구조물을 설치하다니 정말 신기하긴 하네. 수학은 참 대단해.

그런 대화를 나누며 시간을 보내는데 갑자기 환호성이 들려왔다. 아바타들이 한곳으로 몰리며 손가락으로 허공을 가리켰다. 유리창 밖으로 보니 위에서 아래로 엄청난 속도로 돌진하는 승강기가 보였다.

미지수지　연립방정식의 해네.

고난도　연립방정식이라니?

미지수지　두 승강기가 서로 맞물려서 오르락내리락하는 구조인데, 서로 반대방향으로 움직이는 승강기가 한 점에서 만났으니 연립방정식의 해와 같은 거지. 네가 그랬잖아. 운동하는 두 물체의 균형점을 찾는 게 연립방정식의 해와 같은 거라고.

고난도　히히, 그렇지!

미지수지　사람 마음도 그러면 좋겠다. 연립방정식의 해처럼 딱 떨어지게 서로 일치하는 점이 있으면 그렇게 힘들지 않을 텐데….

고난도　마음이 연립방정식의 해처럼 딱 맞아떨어질 때 연애도 하고 결혼도 하는 거잖아.

미지수지　그러게. 한때는 연립방정식의 해처럼 마음이 맞아서 결혼했으면서….

미지수지는 쓸쓸한 웃음을 지으면서 더는 말을 잇지 않았다. 현실에서 겪는 상황이 짐작되었기에 고난도는 아무런 말도 하지 않았다. 반대편 승강기가 지나가자 승강기 내부 분위기는 차분해졌다. 바깥 풍경도 점점 지루해지고 더는 신선함이 느껴지지 않았기 때문이다. 그렇게 지루한 시간이 한동안 흘렀다.

안내방송　1분 뒤부터 우주승강기가 감속합니다. 감속 시 안전벨트를 매지 않으면 관성력 때문에 몸이 위로 쏠리게 됩니다. 신체 연결망 결합도를 최소로 낮추고, 안전벨트를 단단히 매 주기를 바랍니다.

이곳저곳을 돌아다니며 구경하거나 대화를 나누던 아바타들은 안내방송을 듣자마자 자기 자리에 앉았다. 그때까지 눈을 가만히 감고 있던 황금비가 눈을 떴다. 우주승강기가 속도를 늦추자 몸이 위로 쏠렸다. 엄청나게 빠르게 달리는 관성력 때문이었다. 이번에도 고난도는 소리를 지르며 몸에 가해지는 강한 압력을 즐겼다. 우주승강기가 상승하는 속도가 자동차가 달리는 정도로 느려지고 의자 앞 작은 화면에 우주정거장이 그 모습을 드러냈다. 화면 속 우주승강기는 아주 느린 속도로 우주정거장으로 다가갔다.

안내방송 별도로 방송이 나올 때까지 안전벨트를 풀지 마십시오. 우주정거장과 완벽하게 결합할 때까지 5분이 소요됩니다. 안내방송이 나올 때까지 제자리에 가만히 머물러 주시고 신경 연결망도 최소 수준으로 유지하시기 바랍니다.

느리게 움직이던 우주승강기가 우주정거장에 도착하자 움직임을 멈췄다. 우주정거장에서 나온 로봇 팔이 승강기와 결합하는 모습이 화면에 나왔다. 로봇 팔이 천천히 움직인 탓에 일부러 화면을 느리게 트는 듯한 인상을 주었다.

고난도   우리는 멈춘 듯한 느낌이 들지만, 이 우주정거장은 시속 11,000km 속도로 돌고 있어.[22]

미지수지   정말, 그렇게 빨라?

연산군   그런데 왜 도는 속도를 우리가 못 느끼는 건데?

고난도   우리도 그 속도로 돌고 있으니까. 지구 위에서 자전을 느끼지 못하는 것과 마찬가지야.

미지수지   아무리 생각해도 인공위성이나 우주정거장은 참 신기해.

고난도   만유인력을 발견한 뉴턴이 인공위성이 가능하다는 원리를 증명해 냈다는 거 알아?

연산군   정말이야? 그때는 로켓도 없었는데 어떻게 했대?

고난도   생각으로 찾아낸 거지. 그걸 사고실험이라고 한대. 뉴턴은 아주 높은 산꼭대기에서 대포를 쏘는 장면을 상상했어.

연산군   아무리 높은 데서 쏴도 땅으로 떨어지겠지.

고난도   맞아. 포물선을 그리며 지구로 떨어질 거야. 그런데 일정한 속도 이상으로 쏘면 어떻게 될까? 예를 들면 초속 7.9km라는 어마어마한 속도로 발사된다면 과연 지구로 떨어질까?

---

22   정지궤도위성의 이동 속도.
지구반지름 6,371km+정지위성 고도 36,000km=42,371km (정지궤도위성 반지름)
회전 둘레=$2\pi r$=2×42,371×π=266,225km (하루 동안 움직이는 거리)
속력=266,225km÷24시간=11,092km/h (하루에 한 바퀴)

연산균   설마 그 속도로 쏴서 지구로 떨어지지 않게 만든 게 인공위
         성이라는 말이야?

고난도   그렇지. 뉴턴은 지구가 당기는 중력과 지구를 벗어나려는 원
         심력이 정확히 균형을 이룬 채 지구를 원 모양으로 빙글빙
         글 도는 게 가능하다고 밝혔어.

미지수지   그것도 연립방정식의 해와 같구나.

고난도   그 값은 연립방정식이 아니라 그냥 방정식 하나로 구한 거
         야. 그렇지만 중력과 원심력이 정확하게 균형을 이루는 일치
         점을 찾았다는 의미에서는 연립방정식의 해와 비슷한 개념
         이긴 하지.

미지수지   그럼 $7.9km/s$로 쏘기만 하면 지구를 벗어날 수 있는 거야?

고난도   그렇진 않아. 지구 중력을 벗어나는 속도를 탈출속도라
         고 하는데 그게 $11.2km/s$래. 태양계를 벗어나는 속도는
         $16.7km/s$고.[23]

---

23 탈출속도 : 우주속도라고도 부른다.
    ● 1차 우주속도 : 초속 $7.9km$. 이 속도를 넘으면 인공위성처럼 원운동을 한다.
    ● 2차 우주속도 : 초속 $11.2km$. $7.9km/s$에서 $11.2km/s$까지는 타원형을 그리며 지구궤
      도를 돌고, $11.2km/s$를 넘으면 지구 중력권을 벗어난다.
    ● 3차 우주속도 : 초속 $16.7km$. 이 속도 이상이면 태양계를 탈출할 수 있다.
    ※ 주의 : 로켓이 탈출속도에 도달해야만 지구 중력을 벗어나는 것은 아니다. 탈출속도는 지
      표면에서 발사된 물체가 어떤 에너지 공급도 받지 않고 중력권에서 벗어날 수 있는 초기
      발사 속도를 말한다. 계속해서 추진력을 가해 주기만 한다면 어떤 속도로든 지구 중력권
      을 벗어날 수 있다.

인공위성에 관한 대화를 재미나게 이어 가는데 드디어 기다리던 안내 방송이 나왔다.

안내방송　　이제 안전벨트를 풀고 일어나시기 바랍니다. 신경연결망 결
　　　　　　합도는 원래대로 되돌리셔도 됩니다. 우주정거장에 내린 뒤
　　　　　　에는 곧바로 각자 표에 지정된 우주버스로 이동하십시오.
　　　　　　이곳 승강기에는 인공중력 장치가 있어서 지구와 같은 중력
　　　　　　이 작용하지만, 이동통로부터는 중력이 작용하지 않으므로
　　　　　　주변 사물과 충돌에 주의하기 바랍니다. 충돌 시 알짜힘이
　　　　　　줄어들 수 있습니다. 우주버스에 탑승하면 곧바로 우주유람
　　　　　　선으로 출발합니다. 저희 우주승강기를 이용해 주셔서 감사
　　　　　　합니다.

　안내방송이 끝나자 탑승할 때 이용한 문이 열렸다. 아바타들은 질서
있게 문으로 빠져나갔다. 문을 나가자마자 갑자기 중력이 사라지며 작은
힘을 주었음에도 몸이 공중으로 떠올랐다. 아바타들은 재미있다고 웃음
꽃을 피우며 무중력 공간을 날아서 이동했다. 통로를 지나 우주정거장으
로 들어서니 각자가 타야 할 우주버스가 번호대로 정렬해 있었다. 수학탐
정단 일행은 지정된 우주버스에 올라탔고, 곧바로 의자에 앉아 안전벨트
를 맸다.

　탑승객을 확인하자마자 우주버스는 정거장과 분리되었다. 살짝 분리

되었지만 이동 속도는 엄청났다. 우주정거장 안에서 느낄 수 없는 속도가 우주버스에서는 감각기관으로 전해졌다. 아래쪽으로는 지구가 보였다. 메타버스가 아니라 실제 지구와 같은 모습이었다. 영상으로만 보던 지구를 메타버스이긴 하지만 실물과 같은 느낌으로 접하니 다들 놀라서 입을 다물지 못했다. 우주버스는 공중에서 궤도를 조금씩 바꾸며 지구에서 멀어졌다. 방향을 전환할 때마다 속도는 더욱 빨라졌다.

안내방송 잠시 뒤 여러분이 가고자 하는 목적지, 우주유람선에 도착합니다. 이동 속도 그대로 도킹을 하므로 속도는 줄이지 않습니다. 도킹이 완료될 때까지 안전벨트를 풀지 마시고 그 자리에서 기다려 주시기 바랍니다.

우주버스는 방향을 조금씩 바꿔가며 멀리 보이는 밝은 빛을 향해 나아갔다. 밝은 빛은 바로 우주유람선이었다. 우주유람선이 날아간 뒤로 빛줄기가 길게 이어져 마치 긴 직선이 우주를 나는 듯이 보였다. 우주버스는 방향을 조금씩 바꾸며 우주유람선에 접근했다.

미지수지 이거야말로 연립방정식의 해와 똑같네.
고난도 그렇지. 저 우주유람선과 우리가 탄 우주버스가 각자 움직이는 게 서로의 방정식이고, 두 방정식이 움직이다가 정확히 한 점에서 만나는 도킹이 바로 연립방정식의 해지.

미지수지	사람도 이렇게 정확히 만나면 얼마나 좋을까? 그러면 괜히 서로 맞지도 않은 사람끼리 서로 사랑한다고 착각해서 같이 살고, 성격도 맞지 않은 자식을 낳아서 고생하지는 않을 텐데.
고난도	인생은 수학방정식이 아니잖아. 연립방정식의 해를 구하듯이 딱딱 떨어지면 무슨 재미로 살겠어.
미지수지	그 말이 맞긴 하지만…, 그래서 받는 상처는 싫어.

미지수지는 눈가에 쓸쓸함이 진하게 맺혔다. 다들 무슨 사연인지 물어보지는 못하고 우울한 분위기에 침묵을 택했다. 우주버스가 우주유람선과 가까워짐에 따라 빛줄기처럼 보이던 우주유람선이 그 모습을 드러냈다. 형태를 알아보자마자 다들 고난도가 앞가슴에 맨 가방으로 시선이 모였다. 그 가방에는 자롱이가 들어 있었다.

황금비	이게 어떻게 된 거야?
고난도	그러게. 우주유람선 모습이 자롱이와 거의 똑같다니….

우주유람선 중심부는 거대한 원기둥 모양이었다. 진행 방향 쪽에는 공과 같은 구조물이 머리처럼 달렸고, 원통 아래쪽에는 좁고 짧은 연결 통로가 이어진 뒤에 원뿔처럼 생긴 꼬리가 달려 있었다. 원뿔 꼬리에는 수많은 구멍이 뚫렸는데 우주버스는 바로 그 구멍으로 도킹을 시도했다.

고난도는 가방 덮개를 열었다. 자롱이가 가방에서 머리를 삐죽 내밀었다. 주변을 둘러보던 자롱이는 곧이어 우주유람선을 발견했다. 마치 고향이라도 돌아온 듯이 자롱이는 초록 웃음을 한가득 머금었다.

05. 방정식과 무중력 스포츠

: 연립일차방정식의 활용

우주버스가 도킹을 한 원뿔형 공간은 여전히 무중력이었다. 원뿔을 벗어나서 본체와 연결된 통로로 들어섰지만, 여전히 무중력이라 공중에 떠서 이동했다. 작은 힘만 주어도 앞으로 쭉 나갔기 때문에 이동하는 재미가 쏠쏠했다. 통로를 지나고 본체에 진입했지만, 여전히 무중력 상태였다. 원기둥처럼 생긴 통로를 $20m$쯤 이동하자 공간이 점점 넓어졌다. 넓어지던 공간은 마지막에 정육면체 벽으로 바뀌었다. 정육면체 모서리에는 각각 문이 달렸는데 문이 열리자 승강기가 나왔다. 정해진 탑승 인원이 오르자 승강기 문이 닫히고 느릿하게 움직였다. 처음에는 무중력 상태였기에 위와 아래라는 방향 감각이 느껴지지 않았다. 시간이 지나면서 점점 중력이 느껴졌고, 허공을 자유롭게 이동하던 몸이 승강기 바닥으로 달라붙었다. 시간이 갈수록 아바타를 아래로 잡아당기는 중력은 강해졌다.

안내방송 본 우주선 본체는 외부회전력을 이용해 인공중력을 만드는 방식을 사용합니다. 따라서 여러분이 지금 아래라고 느끼는 힘은 실제로는 원 바깥으로 작용하는 원심력입니다. 승강기에서 내리면 거대한 둥근 원이 보이고, 몸이 원 중심을 향해서는 현상을 보시게 됩니다. 이는 원심력을 이용한 인공중력이 만들어 낸 현상이니, 당황하지 마시기 바랍니다.

아인슈타인은 일반상대성 이론에서 관성력과 중력은 서로 구분될 수 없다고 했다. 버스가 출발할 때 몸이 뒤로 밀리는 힘이나 지구가 당기는 중력을 구분할 수 없다는 의미다. 원통을 빠르게 회전시켜 만든 인공중력은 관성력(원심력)이 중력과 구분되지 않는 성질을 이용한 것이다.

승강기 안에서 들은 안내방송과 외부 모습을 통해 원기둥 내부 풍경을 어느 정도 어림했음에도 승강기에서 나섰을 때 펼쳐진 풍경에 다들 꽤 큰 충격을 받았다. 거대한 원통 안에 1층짜리 건물과 거리가 바둑판처럼 펼쳐졌다. 작기는 하지만 개천이 곳곳에 흐르고 개천 옆으로는 나무와 꽃들이 풍성하게 자랐다. 머리 위로 거대한 구조물이 펼쳐지고, 곧 쏟아질 것 같은 물이 자연스럽게 흐르고, 반대편에 걸어 다니는 사람의 정수리가 보이는 풍경은 기괴한 기분이 들게 했다. 원통 중심부에는 투명

한 구조물이 둥둥 떠다녔는데 마치 중력이 작용하지 않은 듯했다.

미지수지   저건 왜 떠 있지?

고난도   회전하는 힘으로 중력을 만들었으니 원 중심부에는 원심력
          이 작용하지 않아서 저럴 거야.

미지수지   저기는 중력이 없는데 여기는 지상 메타버스에서 느끼던 감
          각과 전혀 다름이 없어.

고난도   지구 중력가속도인 $9.8m/s$와 같은 원심력을 만들어 내면
          우주선에서도 지구 표면과 같은 중력을 느끼게 돼. 회전을
          너무 빠르게 하면 중력이 세져서 움직임이 부담스러워지고,
          회전을 느리게 하면 중력이 약해서 움직임이 어색해지지.

미지수지   정확하게 일치점을 찾아서 원심력을 만들었구나. 또다시 연
          립방정식의 해네.

시각이 주는 충격을 간신히 수습하고 정해진 숙소로 이동했다. 우주
유람선에 숙소를 두는 이유가 있다. 메타버스에서 아바타는 무한히 생활
할 수 없다. 쉬지 않고 지나치게 오래 머물면 알짜힘이 떨어지고 움직임
이 둔화한다. 신경연결망도 무뎌진다. 그럴 땐 생체물약을 먹는다고 해서
알짜힘이 회복되지 않는다. 이는 메타버스를 이루는 근본 알고리즘 가운
데 하나로 메타버스에서만 머물며 무한히 시간을 보내는 중독 현상을 막
기 위한 설정이다.

우주유람선에서 관광을 하고 공연을 즐기려면 메타버스와 오랫동안 연결되어 있어야 한다. 그런데 우주라는 물리 공간이 주는 특성 때문에 지상 메타버스보다 알짜힘이 빠르게 소진된다. 이러한 문제들을 해결하려고 고안한 방법이 '숙소'다. 숙소에서 휴식을 취하면 메타버스와 연결 상태는 유지하면서도 활동은 쉼으로써 알짜힘이 새롭게 채워지고, 활동도 지속할 수 있다.

숙소로 이동하는 구간에는 온갖 상점이 넘쳐났다. 대부분 우주여행과 관련된 기념품이었는데 메타버스 아이템뿐 아니라 실제 현실로 배달해주는 상품도 꽤 많았다. 나우스와 연산균은 부지런히 상품을 구경하며 틈만 나면 구매를 했다. 미지수지와 황금비는 구경만 할 뿐 구매는 하지 않았다. 고난도는 일반 기념품을 파는 가게에는 들어가지 않고 한정판을 구하는 데만 관심을 기울였다. 몇 가지 사기는 했는데 뭘 샀는지 보여주지 않았다.

숙소 구조는 두레채와 엇비슷했다. 함께 모여 어울리는 사랑방이 널찍하게 중심에 자리하고, 각자가 들어가 쉬는 쉼터가 별도로 있었다. 쉼터에 들어가면 메타버스와 연결은 유지하면서 현실 속 인물은 메타버스에서 벗어나 일상생활을 할 수가 있다. 우주나 오지 관광지와 같은 특별한 메타버스에서만 허용되는 특별한 기술이었다.

사랑채 바닥은 투명과 불투명을 선택하는 장치가 있었다. 기본은 불투명 상태인데 투명으로 바꾸니 유리 너머로 아름다운 빛이 떠올랐다.

미지수지	와! 달이야. 달이 저렇게 크고 예뻤어?
나우스	멋지긴 한데 예쁘기까지는…. 지구에 견주면 삭막하잖아.
미지수지	난 그래서 더 좋은데.
고난도	나는 지구가 좋아. 그리고 달도 좋아.

미지수지는 넋을 잃고 바닥 너머로 보이는 달에서 시선을 떼지 못했다. 고난도는 미지수지와 나란히 쪼그리고 앉아서 함께 달을 구경했다.

연산균	여기 음료 장치가 있어.

연산균이 사랑방 구석에 설치된 음료 기계 앞에서 들뜬 목소리로 말했다. 황금비와 나우스가 연산균에게로 갔다.

황금비	그건 그냥 광고용 장치잖아.
연산균	내가 이번에 구매한 오감 신경연결망으로 새로운 경험을 하게 해 주는 장치야. 미각과 후각은 아직 메타버스에서 제대로 구현된 곳이 드문데, 우주유람선에는 이런 게 있을 줄 알았어.
황금비	갈증이 채워지지도 않는 음료수를 단지 미각을 느끼겠다고 마시다니….
나우스	앞으로 메타버스 식당이 엄청나게 번성할 거야. 맛은 현실과

똑같이 느끼는데 살은 찌지 않으니 얼마나 좋아. 수많은 사람이 열광할 거야. 벌써 많은 업체가 오감 신경연결망을 활용한 상품을 내놓으려고 뛰어들었어.

황금비 오감을 모두 메타버스에서 채우면 부작용도 만만치 않을 거야. 현실과 메타버스를 구별하는 감각이 후각과 미각이었는데 새로운 신경연결망은 그 구분마저 사라지게 만들잖아.

나우스 현실과 메타버스는 서로 얽히고설키면서 점점 구별하는 게 의미가 없어지고 있어. 메타버스에서 다양한 맛을 보고, 아름다운 향기를 맡으면서 사람들은 더 많은 기쁨을 맛보게 될 거야. 메타버스 생활에서 만족도가 높은 사람이 인생 만족도도 높다는 연구 결과도 있어.

황금비 메타버스에서 오감을 모두 채워 버리는 경험이 과연 좋기만 할까?

나우스 어차피 청각, 시각, 촉각을 경험하게 하는 기존 메타버스에도 문제는 많아. 그래도 좋은 점이 많아서 너도 즐기는 거잖아.

연산균 토론은 그만하고 공짜인데 경험해 봐야지.

연산균이 음료 장치를 가동하는 스위치를 누르자 음료 장치 하단부가 열렸다. 상품이 나오는 곳인 듯했다. 잠시 기다렸지만 아무런 변화가 없자 연산균은 다시 화면으로 눈을 옮겼다. 화면을 건드리니 주사위가 빙글빙글 돌았다. 뒤이어 안내하는 소리가 들렸다.

안내AI   오감 신경연결망으로 메타버스에 연결한 분만 이용이 가능
합니다. 인증을 부탁합니다.

연산균이 아이템팔찌를 열어 본인 인증을 했다.

안내AI   환영합니다. 고객님! 이번에 더미언과 아르테미스 특별 우주
공연을 기념해 감사 행사를 진행합니다. 다시 주사위를 건드
리면 수행할 과제가 나옵니다. 과제를 수행하면 오감 신경연
결망을 더욱 강화하는 보완 장치, 음료를 보관하는 아이템
저장소, 다양한 향수 아이템 중 하나를 선물로 드립니다. 이
번 행사에 참여하려면 아래 사항에 동의해 주세요.

화면에 '동의'를 구하는 질문이 줄줄이 떠올랐다. 연산균은 읽어 보지
도 않고 모든 질문에 동의를 표시했다. 동의하는 과정이 모두 끝나자 다
시 주사위가 빙글빙글 도는 화면이 나타났다.

안내AI   주사위를 건드리면 수행할 과제가 나옵니다. 오감 체험을 멋
지게 즐기시기 바랍니다.

연산균이 다시 화면을 건드리자 주사위가 부르르 떨더니 제자리에 멈췄고, 숫자는 2가 나왔다. 주사위가 멈추자 하단부에서 캔 두 개와 눈금을 세긴 유리잔 하나가 나타났다. 500㎖ 캔은 농도가 20%인 사과주스였고, 300㎖ 캔은 농도가 40%인 사과주스였다.

안내AI   먼저 캔에 든 음료를 섞어 주세요.

연산균은 두 캔을 다 열더니 바로 유리잔에 부었다. 800㎖ 눈금까지 주스가 채워졌다.

안내AI   농도가 20%인 500㎖ 사과주스와 농도가 40%인 300㎖ 사과주스를 섞었습니다. 이 주스의 농도는 얼마일까요? 농도를 맞추면 2단계로 넘어갑니다.

연산균은 머뭇거리지 않고 화면에 '30%'를 입력하더니 '확인'을 누르려고 했다.

황금비   정말 30%라고 생각해?

연산균   40%와 20%를 섞었으니까 그 중간인 30% 아니야?

황금비   하나는 500㎖고, 다른 하나는 300㎖잖아. 양이 다르니 중간값일 수가 없지.

연산균　　그럼, 어떻게 해야 해?

황금비　　계산을 해.

연산균은 머리를 감싸고 음료수 잔만 빤히 노려봤다. 가만히 지켜보던 나우스가 답답한지 아이템팔찌에서 기록지를 꺼내서 끼어들었다.

나우스　　농도를 구하는 공식은 용질을 용액[24]으로 나눈 뒤에 100을 곱해야 해요.[25] 용매는 500㎖ 더하기 300㎖를 하면 800㎖ 니까 용질만 구하면 농도가 나오잖아요.

연산균　　사과가 얼마 들었는지 알려면 농도를 구하는 공식을 활용해 야겠구나. 일단 모르는 걸 미지수로 놓아야 하니까… 20% 주스에 든 사과를 x, 40% 주스에 든 사과를 y로 놓으면…

$$\frac{x}{500} \times 100 = 20. \; x = 100g$$
$$\frac{y}{300} \times 100 = 40, \; y = 120g$$

24　용액(溶液) : 어떤 물질에 다른 물질이 섞여 들어가 균질하게 된 혼합물로 '용액＝용매＋용 질'. '용매'는 녹이는 물질, '용질'은 녹는 물질. '용매'는 용액에서 많은 양을 차지하는 물질 (소금물이나 설탕물에서 물. 대기도 물질이 균질하게 섞였기에 용액인데 질소가 가장 많으므로 질소가 용매.)

25　농도(%)＝ $\dfrac{용질의 \; 양}{용액(용매＋용질)의 \; 양} \times 100$

　　소금물 농도(%)＝ $\dfrac{소금의 \; 양}{소금물(물＋소금)의 \; 양} \times 100$

나우스   용질을 구했으니 농도를 구하는 식에 넣으면 답이 나오겠네요.

$$농도(\%) = \frac{용질의\ 양}{용액의\ 양} \times 100 = \frac{100+120}{300+500} \times 100$$

$$= \frac{220}{800} \times 100 = 27.5\%$$

연산균   나왔다!

연산균은 재빨리 27.5라는 숫자를 화면에 입력했다. 안내AI가 호들갑을 떨며 축하를 전했다. 연산균은 엄청난 과업을 완수한 사람처럼 뿌듯해했다.

안내AI   섞어서 만든 주스에서 느껴지는 맛은 어떨까요? 오감 신경 연결망을 통해 전해지는 그 맛을 표현해 주세요.

연산균은 유리잔에 담긴 사과주스를 천천히 마셨다. 오감 신경연결망을 통해 전해지는 감각을 충분히 느끼려고 온 신경을 혀에 집중했다.

연산균   사과 향이 풍부하고 달콤한 맛이 진하게 나. 농도가 진해서 사과주스라기보다는 사과를 그냥 먹는 기분이 나기도 하지만, 진한 주스를 좋아하는 나에게는 안성맞춤이야.

안내AI 축하합니다. 음료수를 담아 두는 아이템저장소를 선물로 드립니다. 곧바로 전송해 드리겠습니다.

연산균은 아이템팔찌를 열고 '음료수 저장소'를 확인하더니 환호성을 질렀다.

나우스 나도 해 볼래.

나우스도 연산균과 똑같은 절차를 거쳤고, 주사위 숫자는 4가 나왔다. 하단부에서는 캔 두 개와 눈금을 세긴 유리잔 하나가 나타났다. 둘 다 1,000㎖ 캔인데 하나는 농도가 25%, 다른 하나는 40%인 오렌지주스였다.

안내AI 캔에 든 두 음료를 섞어서 농도가 30%인 주스 600㎖를 만드세요. 농도를 정확히 맞춘 주스는 출구 쪽에 놓아 주시기를 바랍니다. 요구하는 농도에 맞는 음료수를 만들면 2단계로 넘어갑니다.

연산균 문제가 나보다 어렵네.

나우스 25% 주스 얼마와 40% 주스 얼마를 섞을지 알아내야 해요.

황금비 알아내야 할 미지수가 두 개니까 방정식도 두 개를 세워야

해.[26]

나우스   그러겠지. 일단 25% 주스를 x로 놓고, 40% 주스를 y로 놓으면…, 둘을 합쳐서 600㎖가 되어야 하니까 식이 하나 나오네.

$$x+y=600$$

황금비   농도 값이 다 나와 있으니 그걸 이용해서 식을 하나 더 세울 수 있겠어.

나우스   용매를 더한 건 600, 그러면 용질을 더한 건… 용매의 양에 농도를 곱하면 용질의 양이니까,[27] 25% 주스의 용질은 $\frac{25}{100}x$, 40% 주스의 용질은 $\frac{40}{100}y$, 두 주스를 섞은 음료수는 농도 30%에 용매는 600㎖니까 용질의 양은 $\frac{30}{100}\times 600$이네. 이걸 이용해서 식을 세우면….

$$\frac{25}{100}x+\frac{40}{100}y=\frac{30}{100}\times 600$$

황금비   방정식 두 개를 세웠으니 나란히 세워서 풀면 돼.

---

26   연립방정식 : 2개 이상의 미지수를 포함하는 방정식의 묶음을 연립방정식이라 한다. 미지수를 구하려면 미지수 개수만큼 방정식이 필요하다.

27   농도$=\dfrac{\text{용질}}{\text{용매}}\to$ 용질$=$용매$\times$농도

$$x+y=600$$

$$\frac{25}{100}x+\frac{40}{100}y=\frac{30}{100}\times600$$

나우스 아래쪽 식은 약분을 한 뒤에 분모를 없애야겠어.

$$\frac{5}{20}x+\frac{8}{20}y=180 \rightarrow 5x+8y=3{,}600$$

연산군 깔끔하게 정리해 봐.

$$x+y=600$$

$$5x+8y=3{,}600$$

나우스 미지수 하나를 없애서 일차방정식으로 바꿔야 하니까…[28] 아무래도 가감법을 쓰는 게 좋겠다. $x+y=600$의 양변에 8을 곱하면 가감법을 쓸 수 있겠어.

---

28 연립방정식 풀이법 : 연립방정식을 풀려면 미지수 하나를 제거하여 1차 방정식으로 만들어야 한다. 미지수 하나를 제거(소거법)하여 1차 방정식으로 만드는 방법은 가감법과 대입법이 있다.

● 가감법 : 좌변과 우변을 나란하게 놓은 뒤 미지수 하나를 없애도록 수식을 맞춘 뒤에 미지수 하나를 제거하는 방법이다. 항등식에서 좌변과 우변에 같은 값을 더하거나 빼거나 곱하거나 나눠도(0 제외) 식이 성립하는 성질을 이용한 것이다.

● 대입법 : 미지수가 x와 y일 경우 x를 y의 식으로 바꾼 뒤에 다른 방정식에 넣는 것이다. 이러면 미지수 하나가 사라지고 1차 방정식이 된다.

$$8x+8y=4,800$$

$$5x+8y=3,600$$

나우스　　　위에서 아래를 그대로 빼면 y값이 사라지고….

$$3x=1,200$$

$$x=400$$

x값을 넣어서 계산하면

$$y=200$$

나우스는 25% 주스 400㎖와 40% 주스 200㎖를 넣어서 섞었다. 그런 다음에 음료 장치 아래에 넣었다. 이어서 축하한다는 말과 함께 요란한 노래가 울렸고, 이번에도 음료수를 마신 뒤 소감을 말하라고 요구했다. 나우스는 들떠서 엄청나게 맛있다는 말을 반복했고, 안내AI는 향기 아이템을 선물로 주었다.

고난도와 미지수지는 여전히 달을 보며 소곤소곤 대화를 나누었고, 나우스와 연산균은 방금 받은 상품에 들떠서 즐거워했다. 황금비가 슬쩍 화면을 건드렸다. 오감 신경연결망이 아니기에 접속할 수가 없었다. 나우스가 대신해 주려고 했지만 한 번만 응모할 수 있었다. 작은 단추를 누르니 오감 신경연결망을 탈 수 있는 행사에 응모하겠냐는 질문이 떴다. 응모자 중에서 몇 명을 뽑아서 오감 신경연결망 장치를 선물해 주는 행사였다. 황금비는 아이템팔찌로 자기 신분을 등록하고 행사에 응모하는 절차를 밟았다. 이번에도 문제를 풀어야 했다.

<blockquote>
안내AI A는 사과 2%, 당근 5%가 들었고, B는 사과 4%, 당근 2%가 든 주스입니다. 두 주스를 섞어서 사과 $20g$과 당근 $20g$이 든 새로운 주스를 만들려면 A와 B를 각각 얼마씩 섞어야 할까요? 그리고 그 주스의 농도는 얼마인가요? 1단계를 통과하면 행사에 응모할 수 있습니다.
</blockquote>

황금비는 가만히 문제를 보더니 바로 손을 놀렸다.

$$\therefore A\text{음료수의 양}=x, \ B\text{음료수의 양}=y$$

$$\therefore \text{음료수에 든 사과와 당근의 양}^{29}$$

$$A\text{사과} = \frac{2}{100}x, \ A\text{당근} = \frac{5}{100}x$$
$$B\text{사과} = \frac{4}{100}y, \ B\text{당근} = \frac{2}{100}y$$

$$\therefore \text{사과와 당근의 양으로 연립방정식을 세우면}$$

$$\begin{cases} A+B\text{사과} = \dfrac{2}{100}x + \dfrac{4}{100}y = 20g \\ A+B\text{당근} = \dfrac{5}{100}x + \dfrac{2}{100}y = 20g \end{cases}$$

---

29   $\dfrac{\text{사과의 양}}{\text{용매의 양}} \times 100 = \text{농도}$, 사과의 양 $= \dfrac{\text{농도}}{100} \times \text{용매의 양}$

∴ 연립방정식 풀이

사과 : $2x+4y=2,000 \rightarrow x+2y=1,000$

당근 : $5x+2y=2,000$

$x+2y=1,000$

$5x+2y=2,000$

$4x=1,000$

$x=250, y=375$

∴ 농도를 계산하면

$$농도 = \frac{40}{250+375} \times 100 = \frac{40}{625} \times 100 = 6.4\%$$

황금비는 A와 B의 음료수 양과 농도를 차례대로 입력했다. 응모를 마친 황금비는 친구들을 불러 모았다.

황금비   잠시 쉬자. 앞으로 어떤 일이 벌어질지 모르니 충분히 알짜힘을 충전해 두는 게 좋아. 이곳에서는 알짜힘이 지상보다 빨리 줄어들어.

연산군   정 힘들면 예전에 내가 줬던 케이크를 이용해.

나우스   그것도 우주에서는 효과가 줄어들 거예요.

연산군   그래도 생체물약보다는 효과가 훨씬 좋아.

미지수지   일정이 어떻게 되지?

나우스   1시간 뒤에 가벼운 상품을 건 대회가 열려. 대회가 끝나고
두 시간 뒤에 개막 공연을 해. 개막 공연이 끝나면 팬들이 참
여하는 춤 경연대회가 열리고, 세 시간 휴식 뒤에 본 공연이
열려. 본 공연 뒤에는 이런저런 소소한 행사들이 우주유람
선 곳곳에서 열린 다음, 다시 우주버스를 타고 우주정거장
으로 떠나는 일정이야.

미지수지   일정이 촘촘하네.

황금비   우리는 어떻게든 저들이 벌이려는 음모를 밝혀야 해.

나우스   그 상자가 도대체 뭘까? 상자를 이용해 어떤 짓을 저지르려
는 게 분명한데….

황금비   상자를 찾으려면 어떻게든 운영진들이 있는 곳으로 접근해
야 해. 공연 물품에 섞여서 보냈다고 했으니 물품들 속에 자
연스럽게 섞여 있을 거야.

나우스   그 매니저가 상자를 보관하지 않을까?

황금비   그럴 가능성도 충분히 있지.

대화를 마치고 탐정단은 각자 숙소에 들어가서 휴식을 취했다. 휴식
시간이 10분쯤 남았는데 고난도가 부산을 떨며 탐정단 일행을 불러냈다.

고난도	빨리 일어나 봐. 빨리 일어나!
나우스	왜 그래? 아직 10분이나 남았는데….

다들 투덜거리면서 숙소에서 사랑방으로 나왔다.

미지수지	별거 아니기만 해 봐.
고난도	들으면 놀랄 거야.
황금비	도대체 뭔데 그래?
고난도	조금 뒤에 열릴 대회에 걸린 상품이 가벼운 게 아니었어.
나우스	상품이 뭔데?
고난도	각 경기 승자들을 뽑아서 공연장 뒤에서 애쓰는 사람들과 만나게 해 준대. 조명, 무대장치, 연주, 연출, 매니저 등과 대화를 나눌 기회를 준다는 거야.
나우스	그게 사실이야?
황금비	넌 그걸 어떻게 알았어?
고난도	내가 아르테미스 팬클럽 으뜸 회원이거든. 조금 전에 으뜸 회원끼리만 공유하는 비밀 *SNS*에 글이 올라왔어.
황금비	팬클럽은 또 언제 가입한 거야?
고난도	알려고 하지 마.
황금비	넌 정말….
미지수지	그럼 꼭 대회에 나가서 우승해야겠네. 그나저나 대회가 뭐야?

고난도   그건 나도 몰라. 나가 보면 알겠지. 다들 그냥 가벼운 상품이
         걸린 재미난 대회로 알고 있으니까 함부로 발설하지 마.

대회에 참가하려는 신청자는 그리 많지 않았다. 모두 곳곳에 펼쳐진
전시물을 구경하면서 개막 공연에 대한 기대감에 들뜬 표정이었다. 춤 경
연대회에 참가하려고 연습하는 이들도 곳곳에 많았다. 탐정단 일행은 다
함께 대회 참가 신청을 했다.

나우스   대회는 어떻게 진행이 되나요?
접수자   간단해요. 저기 위에 보이는 둥근 공이 보이죠?

위를 올려다보았다. 원형으로 구부러진 공간은 시간이 어느 정도 흘렀
음에도 아직도 적응되지 않았다. 중력이 작용하지 않는 원 중심부에 투
명한 구조물이 가만히 떠 있었다.

접수자   투명한 구조물에 들어간 뒤에 그 안에서 공을 먼저 잡는 사
         람이 승리입니다.
나우스   공을 어떻게 잡아요?
접수자   그냥 손으로 잡으면 됩니다. 간단해요.

접수자는 더는 설명해 주지 않았다. 대회 참가자들은 접수 순서대로

대기했고, 가장 먼저 접수한 이가 탑승기에 올라탔다. 진행자는 참가자 양손에 장갑을 끼워 주었다.

진행자 탑승기를 타면 저 구조물로 곧바로 올라갑니다. 탑승기 문을 열면 구조물 안으로 들어갈 수 있고, 들어가면 곧바로 공이 발사됩니다. 그 공을 잡으면 승리입니다. 장갑을 꼭 쥐었다가 펴면 추진력이 생깁니다. 그 추진력을 이용해 움직이면 됩니다. 다만 추진력을 한 번 사용하면 10초가 지난 뒤에야 사용할 수 있으니 주의하세요. 혹시라도 경기 도중에 포기해야겠다는 생각이 들면 장갑 손목에 달린 빨간 단추를 누르면 됩니다. 그러면 탑승기로 몸이 빨려 들고 다시 이곳으로 내려옵니다. 그럼 승리를 기원하겠습니다.

참가자가 탑승기에 타자마자 진행자가 출발 단추를 눌렀다. 아르테미스가 최근에 발표한 신곡이 울려 퍼졌다. 탑승기는 엄청난 속도로 중앙부에 있는 투명 구조물을 향해 날아갔다. 구조물에 다가선 탑승기는 속도를 줄이며 구조물과 결합했다. 탑승기 문이 열리고 구조물로 들어선 참가자는 처음에 몹시 당황한 듯 보였다. 대기자들은 화면을 통해 경기가 열리는 장면을 생생히 볼 수 있었다.

황금비 무중력이어서 저럴 거야. 중력이 강한 곳에 있다가 갑자기 무중력 상태가 되었으니 몸을 제대로 가누지 못하는 게 당연해.

노래가 더미언 최신곡으로 바뀌면서 공이 구조물 안으로 발사되었다. 공은 작고 빨랐다. 일직선으로 날아가서 구조물 표면에 부딪힌 뒤에 같은 속도로 튕겨졌다. 축구공 내부처럼 둥글게 생긴 구조물 안에서 공은 엄청난 속도로 날아다녔다. 무중력 상태이기에 참가자들은 몸을 제대로 가누지 못했다. 영화 아이언맨처럼 손바닥 추진력을 이용해 공을 잡으려고 뛰어오르면 더는 힘을 줄 수 없기에 일직선으로 날아갔다. 공이 날아가는 궤적과 일치하는 점이 있어야 하고, 궤적이 일치하는 점이 있더라도 시간이 안 맞으면 공을 잡을 수 없었다. 몸이 구조물에 닿으면 부딪친 속도 그대로 튕겨 냈기에 벽에서 공을 기다리며 머물 수도 없었다. 경기 참가자는 총 여섯 명인데 처음에는 어찌할 바를 모르더니 차츰 움직임에 적응이 됐는지 날아다니는 공을 향해 몸을 정확하게 날렸다. 그러나 방향이 맞더라도 시간이 엇나가기 일쑤여서 공은 번번이 손에서 벗어났으며, 가끔 참가자끼리 공중에서 충돌하기도 했다.

나우스   공이 움직이는 궤적과 시간을 정확히 예측해서 추진력을 사용해야 해.

미지수지   저거야말로 진짜 연립방정식이네. 공이 움직이는 궤적과 아바타가 움직이는 궤적이 같은 시간에 한 점에서 만나야 하니.

황금비   맞아. 완벽한 연립방정식이지. 다만 순간순간 계속 방정식
형태가 변해서 슈퍼컴퓨터처럼 찰나에 계산해 내지 못하는
한 어느 한 지점에서 연립방정식의 해를 구해 봤자 무용지
물이라는 게 문제지.

노래가 두 곡이 이어진 뒤에야 겨우 우승자가 나왔다. 경기를 본 몇몇
참가자들은 도저히 못 하겠다며 포기했다. 그 바람에 참가자는 더욱 줄
었다. 두 번째 참가자는 연산균이었다. 연산균은 힘차게 주먹을 흔들며
자신감을 내비쳤으나, 구조물 안에서 허우적거리기만 하다가 승리를 빼
앗겼다. 세 번째 참가자는 나우스였는데 제법 치열하게 경쟁했지만 아슬
아슬하게 승리를 놓치고 말았다. 네 번째는 미지수였는데 경쟁자가 잡
았다 놓친 공을 재빨리 가로채서 승리를 거머쥐었다. 실력이 아니라 행운
으로 거둔 승리였다.

다섯 번째 참가자는 황금비였는데 황금비는 처음부터 맹렬하게 공
을 추격했다. 다른 참가자들이 장갑에 달린 추진기를 이용해 이동했다면
황금비는 벽에 충돌하는 속도와 추진기를 결합해서 움직였다. 구조물에
서 얻은 탄성력과 장갑에서 얻은 추진력을 결합하니 공보다 더 빨리 움
직였고, 참가자들은 그런 황금비에게 정신이 팔려 제대로 공을 추적하지
못했다. 황금비는 어마어마한 속도로 움직이며 공을 낚아챘다. 우주유람
선 곳곳에서 경기를 지켜보던 이들이 감탄하며 손뼉을 치고 환호성을 질
렀다.

고난도는 황금비와 달리 다른 참가자들이 공을 쫓느라 정신없이 움직일 때 탑승기 문에 붙어서 가만히 기다렸다. 탑승기 문이 달린 곳은 탄력이 없어서 가만히 머무는 게 가능했다. 고난도는 두 눈으로 공만 뚫어지게 관찰했다. 한참을 공만 관찰하던 고난도가 몸을 움츠렸다. 목표물을 겨냥한 매처럼 일순간에 모든 추진력을 쏟아 냈다. 야구공보다 빠르게 고난도 몸이 날아갔고, 구조물 복판에서 정확하게 공을 잡아냈다. 그 움직임이 워낙 재빠르고 정확했기에 황금비조차 탄성을 질렀다. 이번에도 곳곳에서 환호성이 쏟아졌다.

미지수지   도대체 어떻게 한 거야?

고난도   무질서해 보이는 현상 속에도 규칙은 있어. 그게 방정식이지. 내가 슈퍼컴퓨터는 아니지만 움직임을 자세히 관찰하니 규칙이 보였어.

황금비는 고개를 끄덕이며 엄지를 추켜세웠다. 고난도는 황금비에게 한쪽 눈을 찡긋했고, 그런 고난도와 황금비를 미지수지가 미묘한 시선으로 쳐다보았다.

06. 좌표평면 위의 레이저 광선

: 일차함수와 그래프 :

승강기를 타고 올라간 곳은 우주유람선 구조물에서 원기둥과 구가 만나는 지점이었다. 원기둥 공간이 숙소를 비롯해 다양한 체험을 하는 곳이라면, 구형 공간은 공연장이었다.

안내자　다들 아시다시피 메타버스는 실제와 같은 물리법칙이 작동합니다. 그 알고리즘은 우주공간이라고 예외가 아닙니다. 원기둥 본체가 원심력으로 중력을 만든다면 이 공연장은 초전도자석 원리를 이용해 중력을 만듭니다. 초전도자석은 자유롭게 중력을 조절할 수 있기에 구형 공간에서 신기한 효과를 만들어 낼 수 있습니다. 이번 공연에서도 중력을 이용한

다양한 쇼가 준비 중입니다. 물론, 지금 밝힐 수는 없지만 기대해도 좋습니다.

고난도와 황금비, 미지수지는 다른 우승자들과 함께 안내자를 따라 구형 공간 안으로 들어갔다. 무대와 관객석은 들여다보지 못하게 막혔지만, 무대 뒷면은 자유롭게 구경할 수 있었다. 일단 조명이 지상에서 접하는 형태와 아주 달랐다. 원기둥, 구, 정사면체, 정육면체 등 다양한 입체도형이 거대한 벽면에 빼곡했는데 아무리 봐도 공연에는 적합해 보이지 않았다.

조명 담당자 우주 공연이 지닌 최대 장점은 바로 무중력이죠. 공연장 내부뿐 아니라 조명 장비도 자유자재로 중력 조절을 할 수 있습니다. 그럼 하나만 보여 드리죠.

조명 담당자는 조명조절 장치를 켰다. 그러고는 화면 한쪽을 쭉 밀었다. 벽면에 붙어 있던 정육면체 하나가 허공으로 떠올랐다. 정육면체는 머리 위를 자유롭게 떠다니다가 한쪽 면으로 푸른빛을 쏟아 냈다. 푸른빛은 아바타들을 한 명씩 비추며 주인공처럼 만들었다. 허공에 떠다니며 조명을 비추니 아바타는 그대로여도 전혀 다른 느낌이 연출되었다. 다들 감탄을 하는데 곧이어 여섯 개 면에서 전혀 다른 색이 한꺼번에 비추더니 흔들리고 뒤틀리며 공간을 돌아다녔다. 여섯 가지 빛이 서로 얽히고설키며 빚어낸 하모니에 아바타들은 잇달아 감탄하며 놀라워했다.

> 조명 담당자   저 벽에 붙은 모든 조명 장치는 각자 특별한 기능이 있습니다. 지금 경험한 조명은 다른 조명기기가 지닌 성능에 견주면 아무것도 아닙니다.

질문이 쏟아지자 조명 담당자는 몇 가지 조명기기에 관해 설명을 해 줬는데, 그 현란한 효과를 들으니 공연에 대한 기대감이 더욱 부풀어 올랐다. 설명을 들으면서 탐정단 일행은 귓속말로 의견을 나누었다.

> 고난도   저 정육면체 중에 그 상자가 있지는 않겠지?
>
> 황금비   그 매니저가 '다른 공연 물품 상자와 똑같이 만들어서 화물로 보냈다'고 했잖아. 공연 물품을 담았다고 했으니 크기가 제법 될 거야.
>
> 미지수지   여기에는 조명보다 큰 상자가 없어.

이어서 무대장치와 연주자, 춤꾼들을 만났다. 다른 아바타들은 들뜬 마음으로 대화를 나누었지만, 탐정단은 상자를 찾기 위해 주변을 끊임없이 살폈다. 곳곳을 세심하게 살폈지만 의심스러운 상자는 눈에 뜨이지 않았다.

안내자 　 이제 곧 구형 공연장이 회전하며 무대가 공연 위치로 이동하고, 이곳은 여러분이 입장할 통로로 바뀝니다.

말이 끝나자마자 바닥으로 검은 선이 쭉 그어졌다. 안내자 지시에 따라 모두 선 뒤로 물러났다. 공연장이 회전한다는 안내방송이 나오더니 위에서 아래로 불투명한 유리가 내려오며 그때까지 구경하고 다니던 무대 뒷면을 모두 가렸다. 유리벽이 한동안 회전하더니 칠흑처럼 검은 문이 나타나자 유리벽이 회전을 멈췄다.

안내자 　 이 검은 문은 여러분을 맞이할 특별한 입구로 전환됩니다. 물론 그 특별함은 비밀입니다. 이제 매니저 님들을 만나러 가겠습니다.

승강기를 지나서 육각형으로 된 복도를 $10m$쯤 통과하니 옆면이 투명한 원기둥으로 된 수송선이 대기하고 있었다. 수송선은 원기둥 유람선 중심부를 직선으로 이동했다. 무중력 스포츠를 하는 데 사용한 구조물은 사라지고 없었다. 수송선에서 투명한 벽을 통해 구경하는 원통형 유람선 내부는 더욱 신비로웠다. 실제로 이러한 형태의 우주선이 현실 세계에서도 만들어진다면 경이로운 발명품이 될 것이다.

수송선에서 내리니 매니저들이 기다리고 있었다. 아르테미스와 데미언을 보좌하는 매니저는 여섯 명이나 된다. 그러나 기다리는 매니저는 다섯 명이었고, 주피터가 내린 지시를 수행하는 그 매니저는 없었다. 매니저들과 만남이 이어지는 동안에는 좀처럼 주변을 살필 기회가 없었다. 대화 시간이 끝나자 모든 행사가 마무리되었다. 이제 승강기를 타고 내려가야만 했다.

황금비	이대로 그냥 갈 수는 없어.
미지수지	어떻게 하려고?
황금비	그 상자를 찾아야지.
미지수지	그럼 나도 남을래.
황금비	넌 공연장 쪽을 조사해 줘. 상자가 그쪽에 있을지도 몰라.
미지수지	혼자는 위험하지 않아?
고난도	나도 같이 남을 테니까 걱정하지 마. 혹시 일이 생기거나 상자를 발견하면 곧바로 연락해.

미지수지는 코끝을 살짝 찡그리더니 어쩔 수 없다는 듯 승낙을 했다. 황금비와 고난도는 일부러 승객이 많이 타는 승강기로 갔다가 배려하는 척하며 뒤로 물러났다. 승강기가 내려가고 둘만 남았다. 승강기 앞에서 대기하고 있었기에 기획사 직원들도 그러려니 하며 고난도와 황금비에게 관심을 두지 않았다. 고난도와 황금비는 사람들 눈이 없는 틈을 타서 몸을 숨겼다.

조심스럽게 주변을 경계하며 수색을 하려는데 고난도 가방에 들어 있던 자롱이가 꿈틀거리며 나오려고 했다. 황금비가 말렸지만, 고난도는 가방을 열고 자롱이를 꺼냈다. 자롱이는 날개를 펄럭이며 날아오르더니 꼬리를 돌리며 좋아했다.

자롱이	유람선, 유람선, 유람선···.
황금비	조용히 해. 그러다 들키면 어쩌려고?
자롱이	유람선, 유람선, 유람선···.
황금비	야~ 고난도, 자롱이 좀 조용히 시켜.
고난도	아무래도 자롱이가 이 우주유람선과 관련이 있는 게 아닐까?
자롱이	유람선, 유람선, 컴퓨터··· 접속··· 접속···.
황금비	누가 온다. 조용해!

고난도가 다급하게 자롱이를 끌어안았다. 주피터에게 명령을 받은 그 매니저가 모습을 드러냈다. 고난도와 황금비는 들키지 않게 조심하며 매니저를 미행했다. 매니저는 원통을 벗어나 이동통로로 들어갔다. 그곳은 무중력이라 몸이 허공으로 떴다. 매니저는 아주 능숙하게 그 통로를 지나갔다. 우주버스 정류장으로 간 매니저는 우주버스로 들어갔다. 창문이 진해서 우주버스 내부는 보이지 않았다. 고난도와 황금비는 몸을 숨긴 채 매니저가 나오기를 기다렸다.

미지수지	어떻게 됐어?

미지수지가 두레끼리 사용하는 내부 통신으로 연락을 해 왔다.

황금비   그 매니저를 미행해서 우주버스 정류장에 왔는데, 버스에
들어간 뒤에 아직 나오지 않고 있어.

고난도   거긴 어때?

미지수지   환상이야! 아까 봤던 검은 문 기억나지?

고난도   응, 기억나.

미지수지   들어가 보니 아무런 빛도 없는 암흑 공간이었어. 말 그대로
암흑이었는데 몸이 압축 펌프에 빨려드는 듯한 느낌이 들더
니 갑자기 총알처럼 발사됐어. 총알이 과녁을 향해 날아가
듯이 내가 앉을 좌석에 정확하게 배치했는데, 단 한 명도 엇
나가지 않았어. 마치 함수에 따라 정해진 값을 찾아가는 것
처럼.[30]

---

30   함수.

- 스위치를 켜면 전깃불이 들어오고, 바람이 불면 깃발이 펄럭이고, 좋은 선물을 받으면 기
분이 좋아진다. 이처럼 어떤 원인이 있으면 반드시 결과가 나타난다. 원인이 있으면 결과가
나타나는 현상을 나타내는 수학 개념이 '함수'다.
- 수학에서는 '두 변수 X, Y가 있을 때 X값이 변하면 Y값이 **하나씩(※) 정해지는 관계**가
성립하면 Y를 X의 함수라고 한다. 이를 기호로는 $y=f(x)$로 나타낸다.
- 이 대목에서는 관객이 입장하면 한 명씩 좌석에 배치하는 장면을 통해 함수 개념을 표현
했다.

$$P \quad N \quad M \quad \cdots$$
$$y=f(x)$$
$$a1 \quad b2 \quad c3 \quad \cdots$$
$$X \qquad Y$$

황금비	상자에서 튀어나와 자기 좌석으로 날아가게 했다고?
미지수지	그렇다니까. 마치 슈퍼맨이 돼서 우주를 나는 기분이었어. 거기다 엄청난 조명과 홀로그램으로 관객 한 명 한 명을 모두 주인공으로 만들어 주는데…. 다시는 경험하지 못할 환상이었어.
황금비	상상만 해도 멋지긴 하네. 그래도 혹시 모르니 너무 공연에 빠져들지 마.
미지수지	걱정 마.
황금비	조금이라도 의심스러운 상황이 생기면 연락해.
미지수지	너희도 몸조심해. 이제 개막 공연이야. 아아… 악, 오빠!

미지수지가 열광하며 내지르는 함성과 함께 통신이 끊겼다. 황금비는 입술에 힘을 주며 꾹 다물었다. 고난도는 황금비 어깨를 슬쩍 치더니 자룡이를 꼭 껴안았다. 몇 분 뒤, 매니저가 자기 몸보다 큰 검은 상자를 들고 우주버스에서 나왔다.

황금비	검은 상자야.
고난도	어떻게 하지?
황금비	뺏어야지.
고난도	저 상자가 뭔지도 모르잖아.
황금비	뺏은 뒤에 확인하면 돼.

고난도	일이 잘못되면 여기서는 도망칠 데도 없다는 거 알지?
황금비	뒷일은 나중에 고민해.

황금비는 아이템팔찌에서 작은 밧줄을 하나 꺼냈다. 밧줄은 둥글게 늘어났다가 오므라지며 아바타를 꼼짝 못 하게 하는 포획도구였다. 전투 행성에서 쓰는 아이템만 들고 다니느라 여러 차례 곤란한 일을 겪고 난 뒤에 몇 가지 아이템을 장만했는데 밧줄 포획도구도 그중 하나였다. 밧줄을 들고 매니저에게 다가가려는데 버스에서 또 다른 아바타가 내렸다.

황금비	저 복장은⋯.
고난도	피타고X 부하야. 미지수지를 돌려받을 때 피타고X 뒤에 서 있던 부하들이 바로 저 복장이었어.
황금비	주피터가 피타고X 조직에 속한 걸까?
고난도	청소년들을 도박판에 끌어들이고, 우주 공연을 열어서 못된 짓을 꾸미는 걸 보면 그럴 가능성이 크지.

피타고X 부하와 매니저가 대화를 나누는 듯한데 말소리는 전혀 안 들렸다. 귓속말로 대화를 나누는 모양이었다. 대화가 끝났는지 피타고X 부하는 매니저 어깨를 두드리더니 몸을 돌렸다. 우주버스로 들어가려던 피타고X 부하가 고개만 돌려 매니저에게 말했다. 이번에는 귓속말 설정이 아니어서 작지만 또렷하게 들렸다.

피타고X부하	아직도 도박판을 운영하나?
매니저	아, 아닙니다. 폐쇄했습니다.
피타고X부하	피타고X께서 우려를 많이 하신다.
매니저	걱정하지 마십시오.
피타고X부하	사소한 욕심이 큰일을 망치는 법이지.
매니저	이번 일에 성공하면 도박판 따위는 저희에게도 필요가 없다는 걸 잘 압니다.
피타고X부하	잊지 마. 메타버스 안에서 어떤 일이 벌어지는지 피타고X 님은 다 안다는 사실을.

피타고X 부하는 강하게 쏘아붙이고는 우주버스에 올랐다. 우주버스가 정류장을 빠져나갈 때까지 매니저는 가만히 기다렸다. 무중력이기에 가방 무게는 아무런 의미가 없었다. 매니저는 가방을 손에 잡은 채 연결 통로 방향으로 이동했다.

황금비	지금이 기회야.

황금비는 밧줄 포획도구를 들고 빠르게 매니저를 뒤쫓았다. 고난도도 사냥돌을 꺼내서 그 뒤를 따랐다. 매니저가 통로로 막 들어가려는 순간을 노려 황금비는 밧줄을 매니저에게 겨냥했다. 밧줄은 매니저를 향해 소리 없이 빠르게 날아갔다. 통로로 들어선 매니저는 통로 벽에 달린 손

잡이를 확 밀며 통로를 지나는 추진력을 얻으려고 했다. 밧줄이 워낙 빨랐기에 매니저가 추진력을 얻기 전에 충분히 붙잡을 만했다.

그러나 그 순간에 전혀 예상치 못한 일이 벌어졌다. 갑자기 통로 문이 닫힌 것이다. 그뿐 아니었다. 이상한 힘이 정류장 안을 타고 흘렀다. 무중력이라 공중에 떠 있던 고난도와 황금비는 통로 문 쪽으로 자석에 달라붙는 철 조각처럼 끌려갔다. 정류장은 원뿔 모양이고 원래 중력이 작용하지 않는데 원뿔 바닥 방향으로 엄청난 중력이 작용했다. 지상 메타버스에서 느끼는 중력보다 두 배 이상으로 강했다.

황금비   이게 어떻게 된 일이지?

황금비와 고난도는 강한 중력으로 인해 몸을 가누기조차 힘들었다. 겨우 몸을 지탱하는데 네 방향에서 검은 화살이 둘을 노리고 날아왔다. 육중한 무게를 이겨 내고 힘들게 화살을 피했다. 네 방향에서 날아온 검은 화살은 닫힌 출입문 위에서 강렬하게 충돌했다. 화살이 깨지며 두꺼운 검은 선이 화살이 날아온 방향으로 뻗어나가더니 바닥에 두툼한 선으로 착색이 되었다. 원뿔 정류장의 둥근 바닥에 직교로 만난 두 직선이 선명하게 남았다. 지진이 일어난 듯 작은 진동이 발생하더니 굵은 선에서 점선이 퍼져나가며 가로줄과 세로줄이 서로 엉켰다. 굵은 선이 원 전체를 4등분으로 나누고, 점선이 모눈종이처럼 바닥에 빽빽하게 새겨졌다.

황금비   이건 좌표평면 모양이잖아. 도대체 이게 어떻게 된 일이지?

그때 고난도 아이템팔찌에서 '삐삐삐' 하며 경고음이 울렸다.

고난도   이런… 비례요정이야! 한정판 립스틱이 가까이 있다는 신호야.
황금비   그렇다면 이건 너클리드가 만든 힘이 분명해.
고난도   아무래도 네 목걸이를 노리는 모양이야.

황금비는 아이템팔찌에서 전투 무기를 열려고 시도했다. 그러나 전투 무기는 여전히 꺼낼 수 없었다. 혹시나 하는 마음으로 4원소 힘을 이용한 정다면체 도형을 꺼내 보았지만, 전혀 작동하지 않았다. 위험 상황에 대비해 장만해 둔 아이템이 몇 개 있긴 했지만 이런 상황에서 어떤 아이템으로 너클리드에 맞서야 할지 종잡을 수가 없었다.

고난도   아무래도 그 케이크를 먹는 게 낫겠어.
황금비   연산균이 준 케이크 말이지?

고난도가 말하는 케이크란 탐정단 일행이 스키장에 놀러 갔을 때 연산균이 생체물약보다 강력한 보호기능이 있다면서 나눠 준 것이었다. 생체물약이 떨어진 알짜힘을 보충해 주는 역할을 한다면 케이크는 일정 기간 강력한 보호기능을 한다고 했다. 그때 연산균은 중심각 45°짜리 케이크 한 개와 15°짜리 케이크 두 개를 탐정단 친구들이 갖도록 배려했었다.

황금비　　　좋은 생각이야.

고난도와 황금비는 15°로 잘린 작은 케이크를 하나씩 먹었다. 케이크가 아바타 안으로 들어왔지만 특별한 변화는 느껴지지 않았다.

고난도　　　저 빛은 뭐지?

좌표평면으로 따지면 3사분면에 있는 한 점이 붉게 빛났다.

황금비　　　어, 저 뒤에도 빛이 나는데?

이번에는 1사분면에 있는 한 점이 붉게 빛났다. 두 점에서 점멸등처럼 붉은빛이 껌벅이며 서로 신호를 주고받는 듯했다. 두 점이 신호를 주고받는 사이 공간에 고난도와 황금비가 서 있었다.

황금비　　　위험해!

황금비는 고난도를 붙잡고 옆으로 굴렀다. 그러나 강한 중력 때문에 제대로 구르지 못했다. 힘겹게 몸을 움직여 신호를 주고받는 두 점 사이를 간신히 피하는 정도였다. 두 걸음 정도 옆으로 옮겨간 순간에 강한 레이저 광선이 두 점을 연결하며 형성되었다. 걸리기만 하면 뭐든 파괴해 버릴 만큼 초강력 에너지를 뿜어내며 레이저 광선이 일직선으로 좌표평면을 갈랐다. 레이저 광선은 한동안 무시무시한 기세를 떨치다가 점점 희미해졌다.

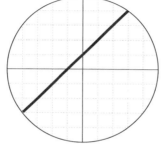

황금비　　작동 방식은 다르지만, 위력은 전투행성에서 쓰는 레이저 무기급이야.

고난도　　맞으면 끝장이란 소리네. 케이크가 보호를 제대로 해 줄까?

황금비　　그러길 바라야지. 현재까지는 강한 중력을 이겨 내는 데 엄청난 에너지를 쓰는데도 알짜힘이 줄어들지는 않고 있어.

고난도　　그건 다행인데 레이저 광선 공격이 한 번으로 끝나지 않을 것 같아.

불길한 예감은 정확히 맞았다. 이번에는 2사분면의 한 점과 4사분면의 한 점이 붉게 깜박였다. 조금 전과 마찬가지로 점멸등처럼 신호를 주고받았다. 두 점이 신호를 주고받는 선 위에 고난도과 황금비가 서 있었다. 어떤 일이 벌어질지 알기에 힘들게 피했다. 발 하나를 떼는 데도 엄청난 에너지를 소모해야 했다. 한 걸음 떼자마자 레이저 광선이 두 점을 이으며 좌표평면을 둘로 갈랐다. 레이저 광선의 위력이 워낙 강했기에 신경망에 소름이 돋을 정도였다. 이번에도 레이저 광선은 한동안 무시무시한 기세를 떨치다가 점점 희미해졌다.

고난도   조금만 늦었어도 큰일날 뻔했어.

황금비   빛이 깜빡이고 레이저가 형성될 때까지 걸리는 시간이 줄어들었어. 간격이 더 줄어들면 피할 틈이 없게 될지도 몰라.

고난도   그렇게 되기 전에 빠져나갈 방법을 찾아야지.

고난도는 아이템팔찌를 뒤지며 난관을 풀어나가는 데 사용할 만한 아이템을 찾았지만 적절한 아이템을 찾지 못했다. 황금비는 좌표평면에서 빛이 나타나는지 살피며 주위를 경계했다.

황금비   원점이 빛나고 있어.

고난도   이번엔 두 점이 아니네.

황금비   어차피 우리를 노릴 테니 피해야 해.

힘겹게 걸음을 옮기는데 카드 한 장이 원점에 와서 박혔다. 카드가 점에 닿자마자 레이저 광선이 고난도와 황금비가 선 자리를 직선으로 때렸다. 피하고 말고 할 틈이 없었다. 번쩍이는 순간 이미 레이저 광선은 황금비와 고난도를 관통하고 지나갔다. 온 신경으로 불에 타는 듯한 통증이 밀고 들어왔다. 신경연결망 결합도를 최하로 낮추지 않았다면 지독한 통증에 정신을 잃을 수도 있었다. 레이저 광선이 사라지자 아바타에서 하얀 연기가 피어올랐다.

비례요정   레이저를 맞고도 멀쩡하잖아? 어떻게 된 거야?
너클리드   알짜힘을 특별하게 보호하는 아이템을 사용했겠지.

너클리드와 비례요정이 투명한 구에 둘러싸인 채 정류장에 모습을 드러냈다. 그들은 중력에 영향을 받지 않는지 공간을 자유롭게 움직였다. 구를 이루는 투명한 막이 중력이 끌어당기는 힘을 차단하는 듯했다.

너클리드   아무리 강력한 아이템이라고 해도 한없이 보호하지는 못해.
            몇 방만 더 맞으면 소멸할 거야.
비례요정   빨리 끝내. 나름 정이 들어서 그런지 저 애들이 고통을 당하
            는 모습을 오래 보고 싶지는 않아.

황금비는 충격이 강했는지 무릎을 꿇고 호흡을 거칠게 내쉬었고, 고난도는 얼굴만 살짝 찌푸리며 너클리드와 비례요정을 노려보았다.

고난도	한정판 립스틱 내놔요. 그건 제 거예요.
비례요정	곧 사라질 텐데 가져서 뭐 하게. 내가 넘겨줄 생각도 없지만.
고난도	저는 한정판은 절대 포기 안 해요.
비례요정	멋진 신념이야. 꼭 이루길 빌게.

비례요정은 비꼬는 투로 말하고는 너클리드 옆구리를 찔렀다. 너클리드가 다시 손에 카드를 빼 들었다. 레이저 광선에 또다시 맞아도 알짜힘이 유지될지 확신할 수 없었다. 고난도가 케이크를 또 먹어야 하나 고민하는데 황금비가 느릿하게 몸을 일으켰다.

황금비	목걸이를 이렇게까지 해서 뺏고 싶나요?
너클리드	메타버스에 자유를 심으려면 그 목걸이가 필요해.
황금비	당신이 말하는 자유는 자유가 아니에요. 메타버스는 수많은 기업과 이용자들이 오랜 시간 합의해서 만든 질서로 유지되고 있어요. 그 규칙을 깨뜨리는 게 자유인가요?
너클리드	너 같은 어린 애가 전통은 무조건 지켜야 한다는 그런 고리타분한 주장을 늘어놓다니, 어이가 없군.
황금비	자유를 원하면 여론을 만드세요. 많은 사람이 동의하면 당신이 생각하는 대로 바뀔 수 있어요.
너클리드	거대한 기업과 독점 운영자들이 지배하는 메타버스를 여론으로 바꾼다고? 보기보다 순진하구나.

| 황금비 | 어려워도 그 방식이 맞아요. 지금 당신은 쿠데타를 벌이려는 독재자와 다름없어요. 아니 당신은 독재자가 아니라 신이 되고 싶은 거잖아요. |

너클리드 부정하지 않겠다. 자유를 주는 신이라면 다들 환영하지 않겠어? 굿즈와 아이템, 알짜힘과 생체물약, 우주여행과 수많은 행성들을 봐라. 모든 곳에 돈이 든다. 모든 게 돈으로 돌아간다. 메타버스는 현실에서 벗어나 자유를 누리는 공간이어야 하는데, 현실보다 더 강한 구속을 가하는 공간이 되었어. 이런 메타버스는 바뀌어야 해.

비례요정 설득되지도 않을 애를 붙잡고 뭐 해? 빨리 끝내기나 해.

너클리드는 손가락 사이에 끼운 카드를 빙글 돌리다가 그대로 멈췄다. 황금비가 목걸이를 꺼냈기 때문이다. 황금비는 목걸이를 손으로 움켜쥐었다.

너클리드 목걸이를 넘겨주면 너희를 무사히 보내 주겠다. 너희들 덕분에 위험에서 벗어나기도 했으니 너희 아바타를 소멸시키고 싶지는 않다.

황금비 이 목걸이에 그렇게 엄청난 위력이 있나요? 메타버스 알고리즘에 타격을 가할 만큼.

너클리드 넘겨라. 살려 주마.

황금비   이 목걸이가 위력이 그렇게 강하다면…. 당신처럼 뛰어난 사
        람이 탐내고 두려워할 만큼 무시무시하다면…. 저도 강하게
        만들어 주겠죠?

너클리드   넌 목걸이 힘을 다룰 줄 모르…. 어떻게 된 거냐?

황금비가 손을 떼자 목걸이에서 은은한 광채가 나며 좌표평면이 초록
빛으로 바뀌었다. 굵은 선이 교차하는 원점엔 0, 좌우 직선엔 X축, 상하
직선엔 Y축이란 이름표가 달렸다. X축과 Y축 눈금에는 음수와 양수가
순서대로 찍혔다. 조금 전까지 그냥 형태만 좌표평면이었다면 이제는 수
학에 나오는 좌표평면과 정확히 동일했다.

황금비   방금 레이저에 맞고 나니 목걸이가 반응하더라고요.

비례요정   그래서 내가 빨리 해치우라고 했잖아!

너클리드   숫자를 보이게 한다고 해서 레이저 공격을 막을 수는 없어.

너클리드는 카드를 돌리더니 좌표평면으로 집어던졌다. 이번에도 y축
(0, 1)에서 붉은빛이 깜박이더니 카드가 원점에 박혔다. 조금 전에는 카
드 숫자가 보이지 않았지만, 황금비가 목걸이를 발동한 뒤에는 카드 위에
숫자 -2가 선명하게 보였다. 붉은 레이저 광선은 y축 (0, 1)에서 출발해
2사분면과 4사분면 방향으로 쭉 뻗어나며 좌표평면을 둘로 쪼갰다. 황
금비와 고난도는 레이저 광선을 아슬아슬하게 피했다. 광선은 에너지를

뿜어내다가 천천히 사그라졌다. 광선이 지나간 경로를 확인한 고난도가 크게 소리쳤다.

고난도   이건… 일차함수야.[31]

황금비   일차함수라니?

고난도   레이저 광선이 지나간 경로를 봐. 순서쌍이 $(-2, 5)$, $(-1, 3)$, $(0, 1)$, $(1, -1)$, $(2, -3)$인 점을 따라서 레이저 광선이 지나 갔잖아.

황금비   그렇구나. 이건 기울기가 -2고 y절편이 1이니까, $y = -2x +1$인 일차함수야.[32]

고난도   조금 전에 우리를 공격했던 광선도 다 일차함수였어. 두 점 에서 빛이 나고 그 점을 이으면 일차함수가 만들어지잖아.

---

31 일차함수.
    $y = f(x)$에서 y가 x에 대한 일차식인 $y = ax + b(a \neq 0, a$와 b는 상수)의 꼴로 나타내는 함수.

32 기울기와 절편.
    ● 기울기 : $\dfrac{y$의 증가량}{x의 증가량}$
       └ $y = ax + b$에서 a,
       └ 두 점 $(x_1, y_1)(x_2, y_2)$가 있으면 $\dfrac{y_2 - y_1}{x_2 - x_1}$ 이 기울기.
       └ $a > 0$이면 그래프가 오른쪽 위로 향함(x값 증가 → y값 증가, x값 감소 → y값 감소)
          $a < 0$이면 그래프가 오른쪽 아래로 향함(x값 감소 → y값 증가, x값 증가 → y값 감소)
    ● 절편 : 그래프가 X, Y축과 만날 때 그 축의 좌표.
       └ X절편 : 그래프가 X축과 만날 때 X값. 즉 $y = 0$일 때 X값.
       └ Y절편 : 그래프가 Y축과 만날 때 Y값. 즉 $x = 0$일 때 Y값, $y = ax + b$에서 b.

한 점과 기울기로 일차함수를 만들기도 했어.[33]

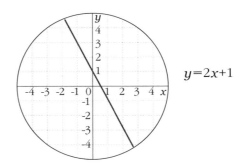

$y=2x+1$

일단 원리를 이해하고 나자 공격을 피하기가 쉬워졌다. 두 점이 번쩍이면 두 점을 잇는 공격, 기울기와 한 점이 주어지는 공격이 반복되었지만 목걸이가 지닌 힘을 이용해 공격에 사용되는 일차함수를 미리 알고 피했다. 강한 중력으로 움직임은 둔했지만 피하는 데 어려움은 없었다.

너클리드   이것들이 정말….

비례요정   빨리 해치워. 피타고X가 얼마 떨어지지 않은 곳에 있단 말이야.

---

33 일차함수 구하기.
- 기울기 a와 Y절편 b가 주어지면 $y=ax+b$
- 기울기 a와 한 점(x_1, y_1)이 주어지면 $y=ax+b$에 a, x_1, y_1을 넣어서 b를 구한다.
- 두 점 $(x_1, y_1)(x_2, y_2)$가 주어지면 기울기 a는 $\dfrac{y_2-y_1}{x_2-x_1}$ 로 구하고,
  b는 $y=ax+b$에 a, x_1, y_1을 넣어서 구한다.
- x절편과 y절편이 주어지면 두 점 $(x_1, 0)(0, y_1)$이 주어진 것이므로 두 점을 이용해 구하는 방식과 동일하다.

비례요정이 다그치자 너클리드는 에너지 출력을 최고로 올리더니 카드 여러 장을 한꺼번에 던졌다. 좌표평면 위에 $y=2x-1$과 $y=-\frac{1}{2}x+2$가 동시에 나타났다. 한꺼번에 레이저 광선이 두 개나 나타나니 꽤 위협이 되었다. 너클리드는 안간힘을 쓰며 출력을 유지했다. 투명 구형체가 심하게 진동했다. 그런데 이번에는 레이저 광선이 시간이 지나도 사라지지 않았다. 너클리드는 카드 두 장을 연달아 던졌다. 한 카드는 +5, 다른 카드는 −5였다. +5 카드는 $y=2x-1$에 달라붙고, −5 카드는 $y=-\frac{1}{2}x+2$에 달라붙었다. 그러자 레이저 광선 두 개가 y축을 따라서 빠르게 이동했다.

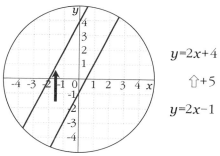

$$y=2x+4$$
$$\Uparrow +5$$
$$y=2x-1$$

$y=2x-1$은 y축으로 +5만큼 수평으로 이동해 $y=2x+4$에서 멈췄고,

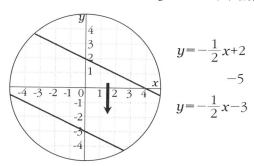

$$y=-\frac{1}{2}x+2$$
$$-5$$
$$y=-\frac{1}{2}x-3$$

$y=-\dfrac{1}{2}x+2$는 y축으로 -5만큼 수평으로 이동해서 $y=-\dfrac{1}{2}x-3$에서 멈췄다.

전혀 예상치 못한 움직임이었다. 예상을 했더라도 면을 휩쓸며 이동하는 레이저 광선을 피할 방법이 없었는데, 더구나 일차함수 두 개가 동시에 움직이니 꼼짝없이 당할 수밖에 없었다. 레이저 광선 두 개가 칼처럼 스치고 지나가니 아바타가 입은 충격은 상상 이상이었다. 정신이 아득해지고 연결망이 뒤틀렸다. 고난도와 황금비는 신음을 터트리며 크게 당황했다. 당황하기는 너클리드도 마찬가지였다. 엄청난 에너지를 쏟아붓는 공격이었는데 둘 다 멀쩡하니 그럴 수밖에 없었다.

비례요정 뭐 해? 충격을 받았을 때 더 공격해야지.

너클리드 이게 그렇게 마음대로 되는 게 아니야. 에너지에 한계가 있고 다시 충천하는 데 시간이 걸려.

비례요정 자신이 있다며?

너클리드 목걸이가 없어서 그래. 목걸이만 있다면 이런 복잡한 상황을 만들어서 일차함수를 이용하는 유치한 방식으로 공격하지도 않아.

비례요정 그러니까 빨리 뺏어. 피타고X가 언제 들이닥칠지 모른단 말이야.

너클리드는 이를 악물고 출력을 올렸다. 투명 구형체가 격렬하게 요동쳤다.

황금비   케이크 보호력이 거의 다 사라졌어.

고난도   어떡하든 여기서 벗어나야 해. 원형 벽으로 끌어당기는 힘을 없애지 않으면 벗어날 방법이 없어.

황금비는 머리를 뒤로 쓸어 넘기더니 아이템팔찌를 열었다. 그러고는 4원소 힘을 발동하는 정다면체를 꺼냈다. 오른손 위에 정다면체 다섯 개를 올리더니 왼손으로 목걸이를 잡았다. 조금 전에 좌표평면에 숫자를 보이게 했던 방식대로 목걸이를 건드렸다. 목걸이에서 은은한 흰빛이 나더니 정다면체에 흡수되었다. 중력을 이겨 내고 정다면체들이 황금비 머리 위로 떠올랐다. 정십이면체를 중심으로 정육면체, 정사면체, 정팔면체, 정이십면체 다각형이 빙글빙글 돌았다. 황금비는 정팔면체를 오른손으로 끌어당긴 뒤 주변 공기를 빨아들여서 너클리드와 비례요정이 탄 투명 구형체를 향해 강하게 쏘았다. 강한 바람이 일며 투명 구형체를 멀리 밀어냈다. 황금비는 공기를 이용해 잇달아 구형 투명체를 뒤흔들었고, 너클리드는 투명 구형체 안에서 나뒹굴며 공격하지 못했다.

자롱이   자롱, 자롱! 나를 정류장 끝으로 보내. 끝으로 보내.

우주버스 틈새에 숨어 있던 자롱이가 모습을 드러냈다. 자롱이는 중력장에 휩쓸리지 않으려고 애를 쓰며 버스를 붙잡고 있었다. 황금비는 자롱이 주변 공기를 응축시킨 뒤 자롱이를 버스정류장 끝, 그러니까 원뿔 꼭짓점으로 이동하게 했다. 거리가 워낙 멀었기 때문에 한 번에 보낼 수가 없어서 여러 번 힘을 집중시켜야 했다. 그런데 자롱이를 보내느라 잠깐 소홀한 사이에 너클리드는 투명 구형체 안에서 다시 중심을 잡았다.

너클리드   이런 것까지는 안 하려고 했는데….

너클리드는 출력을 최대치로 올리고 몇 수십 장이나 되는 카드를 한꺼번에 날렸다. 원점에서 붉은 점이 일더니 x축 위의 점 (10, 0)으로 붉은 레이저 광선이 뻗어나갔다. 원점이 탄력 좋은 공처럼 통통 튀더니 원점을 중심점으로 해서 x축 위에 있던 광선이 서서히 움직였다. 반지름 $10m$인 거대한 원이 좌표평면 위에 만들어지는 움직임이었다. 만약 광선이 원을 이루며 빙글빙글 돌게 되면 피할 데도 없고 연속된 타격으로 아바타는 모든 알짜힘을 잃고 소멸할 수밖에 없는 상황이었다.

공기를 응축시켜 뒤늦게 투명 구형체를 향해 날려 보냈지만, 워낙 많은 힘을 쓴 뒤이기에 정팔면체에서 나오는 힘은 약했다. 소멸을 각오하는 그때, 갑자기 원형 바닥으로 당기는 힘이 사라져 버렸다. 다시 무중력 상태가 된 것이다. 멀리서 자롱이가 꼬리 쪽 원뿔을 우주유람선에 꽂은 채 초록빛을 내뿜고 있었다. 너클리드가 설치한 중력 장치를 자롱이가 꺼버린 것이다. 레이저 광선이 원을 이루며 맹렬하게 돌았지만, 중력에서 벗어난 고난도와 황금비는 원반에서 벗어나 투명 구형체를 향해 몸을 날렸다.

비례요정   어떻게 된 거야?

너클리드   이것들이 정말… 보자 보자 하니까.

너클리드 눈에서 불꽃이 일었다. 투명 구형체가 보랏빛으로 물들더니 바깥으로 원형 레이저가 빙글빙글 돌았다. 닿기만 해도 아바타를 갈기갈기 찢어발길 만한 위력이었다.

자룡이   우주버스로, 우주버스로….

자룡이가 통신으로 연락해 왔다. 자룡이와 통신연결망이 없고, 꽤 떨어진 거리인데도 어떻게 통신이 되는지는 알 수가 없었다.

고난도   저들을 우주버스로 보내란 말이야?

자룡이   우주버스에 태우면 자룡이가 외부로 보낼 수 있음.

고난도   너도 들었지?

황금비   들었어. 그렇지만 공기를 조종하는 정팔면체에 담긴 힘이 거의 소진됐어.

고난도	정이십면체를 사용해.
황금비	정이십면체는 물을 조종하는 마법인데, 이곳에는 물이 없어.

고난도는 아이템팔찌를 열고 1등급 한정판 보관함을 눌렀다. 보관함에는 고난도가 아끼는 귀중한 한정판이 잔뜩 들어 있었다. 꺼내기 어려운 곳에서 고난도는 작은 물병을 선택했다. 물병은 한 손에 잡힐 만큼 작았다.

황금비	그 정도 물로는 어림도 없어.
고난도	작은 물이 아니야. 사막을 횡단할 때 필요한 모든 물을 담을 만큼 용량이 커.

황금비는 긴가민가하면서도 머리 위에서 도는 정이십면체를 끌어내렸다.

고난도	한 번밖에 못 쓰는 한정판인데….
황금비	한정판은 귀하게 쓸 때 더 가치가 커지잖아.
고난도	그렇겠지? 자, 준비해.

고난도는 물병 뚜껑을 열고 흔들었다. 물이 밖으로 나오면서 완전한 구형으로 뭉쳤다. 중력이 작용하지 않고 물 분자끼리 인력만 작용하기 때

문에 벌어지는 현상이었다. 황금비는 정이십면체에 담긴 힘을 발동해 물을 통제했다. 물이 맹렬하게 회전하며 너클리드가 탄 구체를 감쌌다. 레이저가 물을 갈랐지만, 물에는 아무런 타격을 가하지 못했다. 황금비는 자신 쪽으로 향하던 투명 구형체를 우주버스 쪽으로 튕겨 냈다.

투명 구형체는 균형을 잃고 우주버스가 정차된 데로 날아갔고, 우주버스 근처에서 간신히 균형을 잡았다. 균형을 잡는 데 에너지를 쓰느라 회전하던 레이저 광선이 잠시 사라졌는데, 바로 그 순간 자롱이가 우주버스에 달린 화물용 로봇팔을 작동시켰다. 로봇팔이 투명 구형체를 붙잡자마자 자롱이는 우주버스 발사 장치를 작동시켰다. 우주버스는 투명 구형체를 화물칸에 실은 채 우주공간으로 날아가 버렸다.

07. 상대성이론과 위험한 일차함수

: 일차함수의 활용 :

고난도   통신이 안 돼.

황금비   공연 중이라 통신을 모두 차단했을 거야.

고난도   아무래도 공연 중에 검은 상자로 무슨 짓을 꾸밀 것 같은데….

황금비   승강기를 타고 내려갔다가 원기둥 본체를 가로질러 이동하고, 다시 승강기를 타고 올라가면 시간이 너무 많이 걸려.

고난도   대략 계산해도 이동하는 데만 20분은 걸릴 거야.

황금비   원기둥 중앙을 가로지르는 수송기도 이쪽에 없어. 수송기만 있으면 그걸 타고 가면 되는데….

고난도   자롱아! 혹시 너 수송기를 이쪽으로 끌고 올 수 있어?

자롱이	통제 가능.

자롱이는 꼬리를 중앙이동기 시설을 통제하는 장치에 연결했다. 원뿔 꼬리에 빛이 여러 번 들어왔는데 반대편에 있는 중앙이동기는 꿈쩍도 안 했다.

고난도	어떻게 된 거야?
자롱이	접속 성공. 그러나 수동 고정장치는 풀 수 없음.
황금비	쇠사슬 같은 걸로 고정해 두었나 봐.

다른 방법이 없었다. 황금비가 승강기 쪽으로 움직였다.

고난도	잠깐만….
황금비	왜?
고난도	중앙을 가로질러 가자.
황금비	수송기도 없잖아.
고난도	어차피 원기둥 중심부는 무중력이야.
황금비	맨몸으로 저 먼 거리까지 건너겠다는 거야?
고난도	기계가 없으니 당연히 그래야지.
황금비	그렇지만 중심부를 조금만 벗어나면 중력에 끌려서 추락해.
고난도	자롱이 꼬리에서는 레이저 빛이 나와. 레이저로 중심부를 정

확하게 표시해 주면 그 빛만 따라가면 돼. 그러면 벗어날 일이 없어.

황금비 무중력이지만 공기 저항이 있어서 추진체가 필요해. 혹시라도 중심부에서 벗어났을 때 다시 중심부로 돌아가기 위해서라도 추진체가 있어야 하고.

고난도는 아이템팔찌에서 장갑 두 짝을 꺼냈다. 무중력 스포츠 경기를 할 때 추진력을 만드는 데 사용하던 바로 그 장갑이었다.

황금비 그 장갑은 어떻게 된 거야? 훔치기라도 했어?

고난도 훔치다니… 나를 어떻게 보고.

황금비 미안해.

고난도 한정판이어서 샀어.

황금비 넌 정말… 어떤 면에서는 천재야.

고난도 칭찬은 고맙게 받고 빨리 가자. 장갑으로 10초마다 한 번씩 추진력을 만들 수 있으니 반대쪽까지 빠르게 이동할 수 있을 거야. 중심부에서 약간 이탈해도 추진력으로 궤도를 바로잡을 수 있고.

황금비 옛날 영화에서 봤던 아이언맨이 되는 거네.

고난도 자롱아, 레이저로 반대편 중심부를 비춰 줘. 우리가 저기 도착할 때까지 계속. 알았지?

자롱이   이해했음. 레이저 발사함.

자롱이 꼬리에서 초록빛 레이저가 발사되었다. 레이저는 일차함수 직선이 뻗어 나가듯 반대편 중심부에 정확히 닿았다. 장갑을 낀 황금비는 추진력을 한 번 확인하더니 머뭇거리지 않고 허공을 향해 몸을 날렸다. 중력이 작용하지 않는 원기둥 중심부를 맨몸으로 건너는 광경은 경이로 웠다. 주먹을 쥐었다 펼 때마다 추진력이 생기며 속도가 빨라졌다. 조금이라도 중심부에서 벗어나면 추진력을 이용해 위치를 바로 잡았다. 고난도도 황금비와 같은 방법으로 뒤를 따랐다. 반대편에 도착하는 데 1분밖에 걸리지 않았다. 예상했던 대로 중앙이동기는 사람이 직접 풀어야만 하는 사슬에 고정되어 있었다. 자롱이는 느리게 중심부를 날아서 넘어왔다.

유람선 본체와 공연장을 연결하는 입구는 경비원 두 명이 지키고 있었다. 잠시 고민할 만도 한데 황금비는 곧바로 포획용 밧줄을 꺼내 그들을 묶어 버렸다. 문을 열려고 손을 대는데 문이 열리며 안에서 누가 나왔다. 바로 그 매니저였다. 매니저는 고난도와 황금비를 발견하자 화들짝 놀라며 크게 당황했다. 그 틈새를 놓치지 않고 황금비가 그 매니저를 제압해서 묶었다.

황금비   그 검은 상자는 어디 있죠?

매니저   너흰 도대체 누구냐?

황금비	당신들이 검은 상자로 못된 음모를 꾸민다는 걸 다 알아요. 빨리 말해요. 검은 상자는 어디 있고 그걸로 뭘 하려는 건지.
매니저	도대체 무슨 소리를 하는 거냐?
황금비	주피터와 당신이 나누는 얘기, 피타고X 부하와 나눈 얘기를 다 들었어요. 빨리 말해요.

당황하던 매니저 표정이 점점 차분해졌다.

매니저	너희들이구나. 그 말썽을 일으킨다는 녀석들이….
황금비	검은 상자는 어디 있죠?
매니저	너희들이 보고 있지 않느냐.
황금비	뭐라고요?
고난도	금비야!

고난도가 황금비 어깨를 치며 손가락으로 정면을 가리켰다. 공연장과 원기둥을 연결하는 통로는 온통 검은색이었다.

고난도	저게 검은 상자야.
황금비	그럴 리 없어. 분명히 검은 상자를 들고 가는 걸 봤잖아.
고난도	잘 봐. 문이 열렸는데 안으로 빛이 전혀 들어가지 못해. 이건 특별한 장치를 발동시킨 거야.

매니저	제법 똑똑하구나. 이미 검은 상자는 이 공간과 하나가 되었다. 너희들이 무슨 수를 써도 막지 못한다.
황금비	도대체 무슨 음모를 꾸미는 거죠?
매니저	<u>흐흐흐</u>, 순진한 거냐, 멍청한 거냐?

황금비는 짜증을 내더니 매니저가 말을 하지 못하도록 입을 막고는 눈마저 가려 버렸다.

| 고난도 | 어떻게 하지? |
| 황금비 | 어떻게 하긴, 일단 들어가야지. |

황금비는 다시 정다면체를 꺼냈다. 목걸이를 이용해 에너지를 부여하자 정십이면체를 중심으로 정다면체 네 개가 빙글빙글 회전했다. 황금비는 정사면체를 손바닥 위로 옮겨서 빛을 만들었다. 황금비는 머뭇거리지 않고 검은 공간으로 발을 내디뎠다. 때마침 자롱이가 도착했고, 고난도는 아이템팔찌에서 전등을 꺼낸 뒤 자롱이를 쓰다듬으며 황금비 뒤를 따랐다.

검은 상자로 들어서자 곧바로 무중력 상태로 바뀌었다. 황금비가 만들어낸 정사면체 빛은 어둠에 모조리 흡수되며 반딧불이가 만드는 빛처럼 약해졌다. 고난도가 든 전등 빛도 마찬가지였다. 빛이 어둠에 흡수되며 전등으로서 기능을 전혀 못 했다. 자롱이가 초록빛 레이저를 발사했다. 다행히 레이저는 어둠에 다 흡수되지는 않고 주변을 조금은 밝게 했다. 대부분은 흡수되고 레이저가 닿는 곳만 겨우 윤곽을 어림할 정도로 약한 밝기였지만 칠흑 같은 어둠보다는 나았다.

고난도   조금 추운데?

자롱이   내부 온도 영하 $10°$, 통로 폭 $40m$, 공연장 출입문까지 거리 $3m$.

황금비   일단 저 공연장 출입문까지 가자.

고난도와 황금비는 추진력 장갑을 이용해 검은 무중력 공간을 가로지르려는데 자롱이가 갑자기 경고음을 요란하게 울렸다.

자롱이   정지, 정지, 정지! 위험 신호 감지! 위험 신호 감지!

고난도   자롱아, 왜 그래?

자롱이   위험 신호 감지, 변화 발생! 변화 발생!

황금비   온도가 변하고 있어.

고난도도 조금 전보다 온도가 올라간 느낌을 받았다.

고난도   그러게. 추운 기운이 사라졌어.

자롱이   급격한 온도 상승, 출입문까지 거리 증가, 통로 폭 축소!

황금비   어떻게 될지 모르니까 신경연결망 결합도를 낮춰.

고난도와 황금비는 재빨리 신경연결망 결합도를 낮췄다. 그런데도 아바타 신경망을 통해서 전해지는 열기가 상당했다. 황금비는 공기를 통제하는 정팔면체를 활성화해서 주변을 공기막으로 감싸고, 불을 통제하는 정사면체를 활성화해 열기가 아바타에 전해지지 않도록 보호했다.

자롱이   급격한 온도 상승, 출입문까지 거리 계속 증가, 통로 폭 계속 축소!

고난도   지금 어느 정도야? 정확한 수치를 알려 줘.

자롱이는 구형으로 생긴 얼굴에 온도, 거리, 폭이 변화되는 정도를 표로 나타내서 알려 주었다. 처음 나타낸 표는 온도였다.

구분	온도
초기	−10℃
10초 후	40℃
20초 후	90℃
30초 후	140℃
40초 후	190℃
50초 후	240℃
…	…

고난도 초기 온도는 −10℃, 10초당 50℃씩 증가하니 1초에 5℃ 증가. 그러면 x초 후에 $5x$℃ 증가하고 x초 후의 온도는 $5x-10$℃, 일차함수로 나타내면 $y=5x-10$이야.

자룡이가 다음으로 보여 준 표는 출입문까지 거리가 늘어나는 정도를 보여 주었다.

구분	거리
처음 확인	$3.0m$
5초 후	$5.5m$
10초 후	$8.0m$
15초 후	$10.5m$
20초 후	$13.0m$
25초 후	$15.5m$
…	…

고난도 초기 거리 $3.0m$, 5초 마다 $2.5m$ 증가하니 1초에 $0.5m$ 증가, x초에 $\frac{1}{2}x$씩 증가하는 셈이니 x초 후 출입문까지 거리를 나타내는 일차함수는 $y=\frac{1}{2}x+3$이야.

자룡이는 마지막으로 통로의 폭이 줄어드는 정도를 표로 보여 주었다.

구분	폭
처음 확인	40.0m
10초 후	39.5m
20초 후	39.0m
30초 후	38.5m
40초 후	38.0m
50초 후	37.5m
…	…

고난도　초기 폭은 40.0m, 10초 마다 0.5m 줄어드니 1초에 0.05m, 즉 $\frac{1}{20}$씩 축소, 그러면 x초에 $\frac{1}{20}x$씩 축소되니 x초 후의 폭을 나타내는 일차함수는 $y=-\frac{1}{20}x+40$이야.

황금비　폭이 일차함수 규칙대로 줄어들면 폭이 없어지는 데까지 걸리는 시간은 어떻게 돼?

고난도　잠깐만 계산해 볼게. $y=0$이 되어야 하니까….

$$0=-\frac{1}{20}x+40$$
$$\frac{1}{20}x=40$$
$$x=800초$$

고난도　800초니까 분으로 고치면 13분 20초야.

황금비 온도 변화를 나타내는 일차함수가 $y=5x-10$니까, 800초 후면 내부 온도가 무려 3,990도야.

고난도 그 전에 우린 녹아서 없어지겠지.

황금비 출입문까지 거리를 나타내는 일차함수는 $y=\frac{1}{2}x+3$이니, 800초 후면 $403m$야.

고난도 연결통로는 녹아내리고, 공연장은 우주유람선 본체에서 $403m$ 떨어진 상태가 된다는 말인데…, 그렇다면 공연장을 통째로 떼어 내서 우주공간으로 날려 보내려는 거야.

황금비 그러면 결국 다 소멸하고 말 텐데, 만 명이나 되는 팬들의 아바타를 모조리 소멸시켜서 어쩌려는 거지?

고난도 목적이 뭔지는 모르지만 일단 막아야 해.

황금비 방법이 없어. 열기가 우리에게 전해지지 못하게 막는 것도 거의 한계 상황에 도달했어. 이대로 가면 공연장에 있는 아바타들보다 우리가 먼저 소멸하고 말 거야.

고난도 방법이 있을 거야, 방법이. 방법을 찾아야 해.

황금비가 힘겹게 보호하고 있음에도 열기가 점점 강하게 전해졌다. 신경연결망 결합도를 최하로 낮추었지만 너클리드가 만들어 낸 레이저로 맞았을 때만큼 고통스러웠다. 케이크가 만들어 낸 보호력은 이미 소진된 뒤였다. 고난도는 아이템팔찌에서 케이크를 꺼낸 뒤 일부를 잘라서 황금비에게 먹이고 자신도 먹었다. 케이크를 먹고 나니 고통도 줄고, 알짜힘도 회복이 되었다. 그러나 자롱이는 눈에 띄게 움직임이 둔화하더니 고난도 품으로 풀썩 떨어졌다.

고난도   자롱아! 자롱아! 자롱이가 반응이 없어.
황금비   여기서 벗어나야 해.

고난도와 황금비는 황급히 뒤로 물러나려고 했다. 그러나 그럴 수도 없었다. 단단한 에너지 벽에 막힌 듯했다. 황금비는 목걸이를 꺼내서 어떻게 해 보려고 했지만 강해지는 열기를 낮추거나 막을 방법이 없었다.

고난도   온도의 일차함수는 $y=5x-10$, 길이의 일차함수는 $y=\dfrac{1}{2}x+3$, 폭의 일차함수는 $y=-\dfrac{1}{20}x+40$. x라는 시간변수에 따라 달라지는 결과들… 엑스, 엑스, 시간… 만약 x가 정지하면 y도 더는 증가를 안 하겠지…? 그럼 방법은… 정말 그것뿐일까?

황금비   방법을 찾았으면 망설이지 말고 해 봐. 더는 못 버텨!
고난도   그건 초특급 한정판인데… 특급 한정판 중에서도 급이 다른 한정판인데….
황금비   지금 한정판이 중요해. 다 죽게 생겼는데.
고난도   아바타가 사라져도 특급 한정판 보관함에 들어 있어서 그건 소멸하지 않아. 모든 한정판을 다 잃어도 그 안에 든 한정판은 잃어버리지 않아.

황금비 저 공연장 안에 미지수지와 연산균, 나우스가 같이 있다는 걸 잊었어? 만 명이나 되는 아바타가 저 안에 있어. 그리고 저들을 이용해 주피터와 피타고X가 얼마나 무서운 일을 꾸미는지는 짐작조차 못 하고 있단 말이야. 그런데 지금 특급 한정판에 집착하는 거야?

고난도 넌 몰라. 그게 어떤 한정판인지….

황금비 이대로면 자롱이도 죽어. 자롱이는 되살아나지 못해.

고난도는 축 처져서 자기 품에 안겨 있는 자롱이를 쓰다듬었다. 고난도 눈에서 눈물 한 방울이 또르르 떨어졌다. 눈물은 열기로 인해 곧바로 증발했다. 결심을 굳혔는지 고난도가 아이템팔찌를 열었다. 특급 한정판 보관함은 열기가 까다로웠다. 복잡한 경로를 거쳐야만 열리는 보관함이었다. 그곳에서 고난도는 자명종처럼 생긴 아이템을 하나 꺼냈다. 겉보기에는 평범한 아이템이었다. 고난도는 자명종 위에 달린 단추를 '똑' 소리가 나게 누르더니 검은 공간을 향해 집어 던졌다.

자명종을 집어던졌지만 아무런 변화가 없었다. 황금비는 어떻게 된 거냐고 물어보려고 했지만, 입이 열리지 않았다. 손끝 하나 움직일 수가 없었다. 고난도는 황금비 몸을 잡더니 뒤로 쑥 물러났다. 조금 전까지 빠져나올 수 없었던 검은 공간이 물처럼 흔들렸다. 고난도는 젤에서 빠져나오듯이 검은 공간에서 빠져나왔고, 이어서 황금비와 자롱이도 검은 공간에서 벗어났다.

고난도는 나오자마자 자롱이 상태부터 살폈다. 황금비는 자롱이 몸에 스며든 열기를 밖으로 뽑아냈다. 온도가 정상으로 돌아오자 자롱이가 이 등변삼각형 날개를 흔들며 위로 날아올랐다.

자롱이   자롱, 자롱, 자롱! 자롱이 살아났음.

고난도는 자롱이를 쓰다듬으며 활짝 웃음을 지었다.

황금비   도대체 저게 무슨 아이템이야?

고난도   시간을 무한대로 늘리는 자명종.

황금비   시간을 무한대로 늘린다고?

고난도   유럽 입자물리연구소($CERN$)에 갔을 때 수천 대 일의 경쟁을 뚫고 받은 아이템이야.

황금비   믿기지 않아. 메타버스에서 어떻게 시간을 늘려? 시간은 통제 불가능한 변수야.

고난도   시간은 절대성이 아니라 상대성이야. 그건 이미 오래전에 아인슈타인이 특수상대성 이론을 통해 밝혀냈어. 광속(光速)에

가까워지면 시간이 느려진다고.[34]

황금비   그러니까 검은 상자 안에서 작동하는 일차함수의 변수가 시
        간인데, 시간변수가 늘어나지 않게 되니 온도, 길이, 폭의 변
        화가 생기지 않게 되었구나. x값이 늘지 않으니 y값도 당연
        히 늘지 않지.

고난도   초특급 한정판이었어. 다시는 구하지 못할.

황금비   고마워. 정말 고마워. 그럼 저걸 어떻게 하지?

고난도   열기부터 빼내. 너무 뜨거워서 연결통로를 망가뜨릴 수도 있
        으니.

황금비는 목걸이로 정사면체에 더 많은 힘을 불어넣었다. 정사면체 위
력을 최대치로 끌어올린 뒤 검은 상자에 가득한 열기를 유람선 본체 쪽
으로 이동시켰다. 엄청난 열이지만 유람선 본체가 워낙 넓은 공간이기에
아무런 문제가 없었다. 처음에는 검은 상자 속 열에너지가 천천히 줄어들
었지만, 일정 시간이 지나자 빠르게 줄었고, 곧 온도가 정상으로 돌아왔

---

34 아인슈타인 특수상대성이론 중 시간방정식.

$$T = \frac{1}{\sqrt{1-\dfrac{v^2}{c^2}}}\, T_0 \quad (T=\text{시간},\ T_0=\text{기준시간},\ c=\text{광속},\ v=\text{속도})$$

속도가 광속에 가까워지면 $\dfrac{v^2}{c^2}$ 은 1에 가까워진다. 그러면 $1-\dfrac{v^2}{c^2}$ 은 0에 가까워지므로 T는

$$\frac{1}{\sqrt{1-\dfrac{v^2}{c^2}}} = \frac{1}{0.0000000\cdots} = \infty \text{가 된다.}$$

따라서 광속에 도달하면 관찰자가 보기에 시간이 무한히 늘어난다. 시간이 무한히 늘어난다
는 말은 시간이 흐르지 않는다는 뜻이다.

다. 온도가 정상으로 돌아오자 검은 상자 내부에서 '깡~!' 하며 부서지는 소리가 났다. 그리고 열린 문으로 빛이 스며들었다. 빛을 밀어내던 힘이 사라진 것이다. 자롱이가 유람선에 접속하더니 연결통로 내부를 밝히는 조명을 켰다. 환한 조명 아래로 산산이 부서진 검은 조각들이 보였다.

황금비   저게 그 검은 상자였나 봐.

고난도   혹시 저 깨진 조각이 범행을 입증할 증거가 되지 않을까?

황금비   내 생각도 그래. 발뺌하지 못할 확실한 증거가 될 거야. 곧바로 관리*AI*에게 전송하자.

고난도와 황금비가 깨진 조각을 줍기 위해 통로 안으로 들어가려는데 또다시 자롱이가 위험 신호를 보냈다.

자롱이   위험 신호 감지, 위험 신호 감지!

고난도   왜 그래? 또 다른 검은 상자가 있는 거야?

자롱이   외부 위험, 외부 위험! 유람선 보호, 유람선 보호!

갑자기 출입문이 닫혔다. 자롱이가 닫아 버린 것이다.

황금비   왜 그래? 저 증거를 관리*AI*에게 보내야 해.

황금비가 다그쳤음에도 자롱이는 꿈쩍도 안 했다. 아니 더 나아가 출입문을 다른 거대한 보호장치로 겹겹이 막아 버렸다.

고난도   자롱아, 도대체 무슨 일이야?

08. 충돌하는 방정식과 메타버스 좀비

: 일차함수와 일차방정식 :

고난도가 자롱이 몸통을 잡자 자롱이는 큰 화면을 허공에 띄웠다. 본체와 공연장을 연결하는 통로가 늘어난 우주유람선 형태가 나타나더니, 이동하는 궤도가 그려졌다. 궤도 외각에서 작은 점이 나타나더니 맹렬한 속도로 우주유람선을 향해 날아왔다. 그 점을 자롱이가 확대했다.

고난도   저건… 운석이잖아!

황금비   우주유람선과 운석이 이동하는 경로가 겹쳐.

고난도   설마, 충돌하는 거야?

황금비   경로가 겹쳐도 같은 시간에 같은 지점을 지나가지 않으면 괜찮을 텐데.

자롱아, 어떻게 돼?

자롱이는 우주유람선이 이동하는 경로를 따라 거리와 시간을 변수로 하는 일차함수를 표시했다. 같은 방식으로 운석의 일차함수도 표시했다. 두 일차함수를 계산해 보니 두 궤도가 겹치는 지점까지 걸리는 시간이 정확히 일치했다. 우주유람선과 운석은 연립일차방정식의 해처럼 공통된 값을 공유했고, 그것은 두 물체가 충돌할 운명임을 말해 주었다.[35]

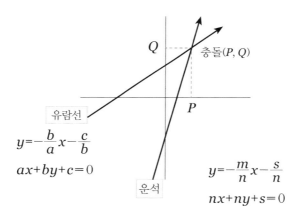

---

35 일차함수와 연립일차방정식의 관계.

- 일차방정식 $ax+by+c=0(a \neq 0, b \neq 0)$을 y를 좌변에 놓고 정리하면 $y=-\dfrac{a}{b}x-\dfrac{c}{b}$ 가 된다. 따라서 일차방정식 $ax+by+c=0$과 일차함수 $y=-\dfrac{a}{b}x-\dfrac{c}{b}$를 좌표평면에 표시하면 두 그래프가 정확히 동일하다.

- 연립일차방정식을 이루는 각각의 일차방정식을 일차함수 형태로 바꿔서 좌표평면에 표시한다고 해보자.
  $ax+by+c=0 \rightarrow y=-\dfrac{a}{b}x-\dfrac{c}{b}, mx+ny+s=0 \rightarrow y=-\dfrac{m}{n}x-\dfrac{s}{n}$
  두 일차함수 $y=-\dfrac{a}{b}x-\dfrac{c}{b}$와 $y=-\dfrac{m}{n}x-\dfrac{s}{n}$ 의 교점은 연립일차방정식 $ax+by+c=0$, $mx+ny+s=0$의 해와 동일하다.

황금비	유람선 궤도를 수정할 수 없어?
자롱이	유람선은 지구가 태양을 돌 듯이 정해진 궤도로만 운행하도록 프로그램이 되어 있음. 궤도 수정 불가. 속도 수정 불가.
고난도	우주유람선의 어느 지점과 충돌하는지 계산할 수 있어?
자롱이	충돌지점은 연결통로.
황금비	연결통로라면… 혹시 일부러 노린 건가?

우주유람선 전체에 비상 경고음이 울렸다. 듣기 고통스러울 만큼 큰 경고음이었다. 자롱이가 띄운 화면에는 작은 우주선 두 대가 공연장 앞부분에서 빠져나가는 게 보였다.

황금비	주피터가 말한 대피용 우주선이야.
자롱이	충돌 30초 전. 29초, 28초….

자롱이가 카운트다운을 했다.

황금비	넌 이런 때 이상한 아이템을 써서 잘 막았잖아?
자롱이	19초, 18초, 17초….
고난도	이건 불가능해. 특급 아이템인 그 자명종이 있다고 해도 이런 상황에서는 무용지물이야.
자롱이	8초, 7초, 6초….

황금비	그냥 이렇게 속수무책으로….
자롱이	3초, 2초, 1초 ….

충돌음은 들리지 않았다. 약한 진동조차 느껴지지 않았다. 연결통로가 늘어난 탓이었다. 자롱이가 보여 주는 화면에서 본체는 원래 방향을 유지했지만, 공연장은 정상궤도에서 이탈해 다른 방향으로 가고 있었다.

고난도	공연장이 분리돼서 엉뚱한 방향으로 날아가.
황금비	공연장 밖에 이상한 추진체들이 붙어 있어. 저 추진체들 때문이야.
고난도	어디로 가는 거지?
황금비	빨리 따라가야 해. 자롱아, 중앙이동기 조종할 수 있지?
자롱이	조종 가능. 조종 가능.

황금비는 중앙이동기가 있는 곳으로 가다가 다시 돌아와서 바닥에 쓰러져 있는 매니저를 끌고 갔다. 자롱이는 능숙하게 중앙이동기를 조종했다. 맨몸으로 건널 때와는 견줄 수 없을 만큼 빨랐다. 중심부에서 바라보니 정류장을 관리하는 아바타들은 어찌할 바를 모르며 우왕좌왕했다. 정류장에서 곧바로 우주버스에 올라탔다. 우주버스는 정류장을 벗어나자마자 맹렬한 속도로 공연장을 추격했다. 황금비는 공연장에 있는 일행에게 연락을 취했지만, 여전히 통신은 막힌 상태였다.

자룡이	공연장 신호가 점점 약해짐. 1분 후 신호 소멸. 신호 소멸.
고난도	자룡아, 지금까지 이동 경로를 바탕으로 어디로 향하는지 예상할 수는 없어?
자룡이	경로를 바탕으로 방정식 수립.

자룡이는 방정식을 함수로 전환하더니 좌표계에 나타냈다. 좌표계에 나타난 충돌지점을 확인한 황금비는 기겁했다.

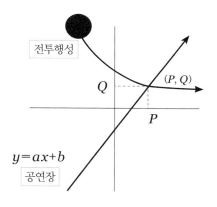

황금비	정말 전투행성이야?
자룡이	계산한 결과 값은 전투행성.
고난도	저 속도로 충돌하면 구조물이 버티지 못할 텐데.
황금비	지상 충돌이 문제가 아니야. 지상에 닿기도 전에 공중에서 사라질 거야.
고난도	공중에서 사라진다고?
황금비	너도 알다시피 메타버스는 지구에서 작동하는 물리법칙이

거의 그대로 작동해. 전투행성도 마찬가지야. 나도 전투행성 대기권에서 여러 번 전투를 벌여 봤는데 이론으로 배웠던 지구 대기와 성질이 같았어. 우주에서 지구로 우주선이 진입할 때 진입 각도와 속도가 매우 중요해. 진입 각도가 지나치게 낮으면 대기권에서 튕겨 나가고, 진입 각도가 너무 높으면 마찰이 커져서 위험하게 돼. 당연히 진입 속도가 지나치게 빨라도 마찰열이 심하게 나서 위험해져. 그래서 대기권에 재진입할 때 마찰을 견딜 수 있는 소재를 우주선에 사용해.

고난도   그러고 보니 우주승강기도 강한 마찰열을 견디는 소재를 사용한다고 했어.

황금비   저 공연장은 대기권에 진입할 때 마찰력을 견디는 소재로 만들어진 게 아니야. 그런 소재로 만들었다고 해도 지금 날아가는 속도는 지나치게 빠르고, 무엇보다 진입 각도가 너무 커. 초속 12㎞로 떨어지던 우주선이 10,000℃까지 치솟았다는 기록을 본 적도 있어.

고난도   10,000℃면 공연장이 녹아서 사라질 거야.

황금비   내 말이 그 말이야.

고난도   피타고 X 나 주피터나 다 미친 거 아냐? 어떻게 저런 짓을….

걱정과 분노로 들끓었지만 어떻게 해볼 방법이 없었다. 그저 우주버스를 최대 속도로 몰며 신호에 잡히지도 않는 공연장을 따라서 전투행성으로 가는 수밖에 없었다. 한참을 가다 보니 멀리 전투행성이 보였다.

황금비   이런 방식으로 우주에서 전투행성으로 간 적은 한 번도 없는데….

황금비는 잠시 고향에 돌아오는 듯한 친근감을 느꼈다. 한동안 떠났지만 언제든 다시 오려고 마음먹었던 곳을 의도치 않은 사건에 휘말려 어쩔 수 없이 오게 되니 감정이 복잡할 수밖에 없었다. 공연장은 보이지 않았다. 이미 충돌해서 불타 없어졌는지, 아니면 자롱이가 계산한 궤도가 실제와 달라서 다른 곳으로 갔는지는 알 수가 없었다.

고난도   어, 저기 봐. 저거 공연장 아니야?
황금비   어디 말이야?
고난도   저 햇빛 사이로 번쩍이는 게 보이잖아. 인공위성처럼 전투행성을 빙글빙글 돌고 있어.
자롱이   공연장 확인. 공연장 확인. 통신은 완전 차단.
황금비   빨리 공연장으로 접근해.

자롱이는 우주버스를 최대 속도로 몰아 공연장으로 접근했다. 공연장이 이동하는 속도가 점점 느려지면서 우주버스는 점점 공연장에 가까워졌다.

자롱이	공연장 하강. 공연장 전투행성 대기권으로 진입 중.
황금비	하강이라니? 인공위성처럼 궤도를 도는 게 아니었어?
자롱이	출력장치로 대기권 진입 속도와 각도를 통제 중.
고난도	죽이지는 않을 모양이야.
황금비	그건 다행인데, 도대체 저 공연장을 전투행성으로 끌고 온 까닭을 모르겠어.
고난도	이유는 모르지만 우리에게 그 음모를 막을 기회가 생긴 건 분명해.
황금비	자롱아, 이 우주버스로 대기권에 진입할 수 있어?
자롱이	불가능. 진입 온도를 견디지 못함.
고난도	만약에 저 공연장 위에 바짝 붙어서 마찰을 줄이면 어떻게 돼?
자롱이	성공 확률 51%.
고난도	절반이 넘네. 그럼 지금 바로 해.

고난도는 조금도 망설이지 않고 결정했다. 황금비도 기꺼이 동의했다. 자롱이는 우주버스를 공연장 가까이 붙였다. 공연장이 이미 대기권에 진입했기에 상당히 위험한 시도였다. 조금만 각도가 어긋나거나 속도 조절을 제대로 못 하면 전투행성 중력권에 잡혀서 추락하거나, 공연장에 충돌할 위험이 있었다. 자롱이는 절묘한 각도로 우주버스를 대기권에 진입하게 만든 뒤에 공연장으로 접근했다.

무중력 상태에서만 운행하도록 설계된 우주버스이기에 대기권에 진입하자 엄청난 열이 나며 구조물이 통째로 뒤틀렸다. 외부와 내부를 나누는 초강화유리에 금이 갔다. 초강화유리가 깨지면 내부에 탄 이들이 맞을 운명은 명약관화했다. 다행히 구조가 붕괴하기 전에 우주버스는 공연장 상단에 정확히 달라붙었다.

구형 공연장은 적절한 진입 각도를 유지하며 천천히 전투행성 대기권 속으로 밀고 내려왔다. 작은 위험조차 없었다. 수많은 시뮬레이션을 통해 진입 방법을 완벽하게 습득한 *AI*가 아니면 불가능한 과정이었다. 이 음모를 꽤 오랜 기간 준비했음을 보여 주는 증거였다. 공연장은 기묘한 형태를 한 바위와 모래가 끝없이 펼쳐진 황무지를 향해 내려갔다.

고난도　　저긴 도대체 어디야?

황금비　　〈악몽의 바위사막〉이야.

고난도　　〈악몽의 바위사막〉이라니 이름부터 살벌하네.

황금비는 아이템팔찌를 열고는 권총을 선택했다. 권총은 아무런 저항도 없이 자연스럽게 손에 들렸다. 방아쇠에 손가락을 넣고 한 바퀴 돌리더니 권총을 아이템팔찌에 집어넣었다. 이번에는 짧은 칼을 쥐고는 잔상이 남을 만큼 빠르게 돌렸다. 옆에 있던 고난도는 살벌한 기운에 놀라서 두어 걸음 뒤로 물러났다. 칼을 꽉 움켜쥔 황금비 얼굴이 붉게 달아올랐다.

고난도   고향에 온 기분이야?

황금비   고향은 무슨….

고난도   이번 일이 마무리 되면 다시 전투행성에서 활동할 거야?

곧바로 답을 하려던 황금비는 고난도 얼굴을 물끄러미 보더니 입을 꾹 다물었다. 조심스럽게 칼을 아이템팔찌에 넣고는 어깨를 으쓱했다.

황금비   〈악몽의 바위사막〉은 끔찍한 괴물들이 우글거리는 곳이야. 다행히 중심부가 아니라서 괴물들이 많지 않지만, 조금만 안쪽으로 들어가면 나조차 혼자서는 감당하지 못할 괴물들이 엄청나게 많아.

고난도   피타고X가 이곳을 선택한 까닭이 뭘까?

황금비   좋은 의도는 아니겠지. 그렇지만….

그때 갑자기 버스가 크게 흔들렸다. 버스는 요동을 치더니 위로 끌려 올라갔다.

고난도   왜 이래?

자룡이   우주버스 위에서 강한 전자석이 작용함. 우주버스 통제 불능.

황금비   그 비행선들이야.

황금비가 창밖을 내다보며 말했다. 비행선은 모두 3대였다. 비행선마다 강력한 자력을 지닌 전선이 뻗어 나와 우주버스 지붕 위에 달라붙어 있었다. 비행선은 정확히 정삼각형 형태를 유지한 채 비행했고, 버스는 한가운데 지점에서 옴짝달싹 못 했다. 공연장은 사막을 향해 천천히 하강했고, 비행선은 버스를 묶은 채 공연장에서 조금씩 멀어졌다. 황금비는 아이템팔찌를 열고 탈출에 적당한 아이템을 찾았다. 전성기 시절과 견주면 소박한 아이템뿐이었지만, 버스에서 탈출할 때 쓸 만한 아이템은 있었다. 버스 높이를 가늠하며 아이템을 고르려는데 지지직거리는 소음이 들리며 버스 안에 홀로그램이 나타났다.

파타고X   누가 방해꾼인가 했더니 또 너희들이구나.

황금비   도대체 왜 이런 짓을 벌인 거죠? 이렇게 엄청난 일을 벌이고도 무사할 줄 아세요?

파타고X   내가 이 일을 벌였다는 물증이 있나?

황금비는 깨진 검은 상자 조각을 연결통로에서 가져오지 못한 게 못내 아쉬웠다.

황금비   당신 음모가 무엇이든 당신 뜻대로 되게 놔두진 않겠어요.

파타고X   용감한 답변이지만 안타깝게도 쉽지 않을 거야. 내 계획을 말해줄까? 나는 너희가 탄 우주버스를 진공포장 속에 넣어

인공위성처럼 전투행성을 도는 처지로 만들어 주겠다. 물론 모든 통신은 차단하고 어떤 동력도 사용할 수 없게 만들어야겠지. 그 뒤에 네 친구들과 메타버스가 어떻게 되는지 구경할 수 있도록 영상을 틀어 줄 생각이다. 내 계획이 어떤가? 나에게 도전한 대가로 그 정도면 괜찮지?

피타고X는 자기 계획이 마음에 들었는지 큰소리로 웃었다. 고난도는 피타고X가 떠드는 동안 귓속말로 황금비에게 은밀한 제안을 했다.

고난도	네 스카프에서 **뽑아낸** 실은 그 무엇으로도 끊을 수 없다고 했지?
황금비	당연히.
고난도	그 스카프에서 실을 어느 정도 **뽑아낼** 수 있어?
황금비	그건 왜?
고난도	전선 세 가닥을 한 데 묶으면 전선을 잘라 내기 전까지는 비행선이 마음대로 우리를 추격하지 못할 거야. 우리는 기회를 봐서 여기서 뛰어내려야지.
황금비	지상에 추락하면 죽어. 나에겐 하늘을 날 아이템이 없어.
고난도	그건 나도 없어. 그렇지만 너한테는 4원소를 다룰 힘이 있잖아.
황금비	공기의 힘으로 보호한다고 해도 한계가 있어. 이 정도 고도

에서 추락하면 힘들어.

고난도 우리에겐 케이크도 있잖아. 자룽이는 날 수 있으니 괜찮고.

황금비 저자는….

황금비가 바닥에 쓰러져 있는 매니저를 가리켰다.

고난도 어쩔 수 없잖아. 포기해야지.

황금비 좋아. 시도해 보자. 네가 시선을 끌어.

황금비는 느릿하게 옆으로 움직였고, 고난도는 과장된 몸짓을 하며 매니저한테 다가갔다.

고난도 이 매니저가 우리한테 다 불었어요. 어떻게 그런 잔인한 짓을 계획할 수가 있죠?

피타고X 저자가 배신을 했단 말이냐?

고난도 배신이 아니라 내부고발이죠.

피타고X 그 자에게 직접 들어봐야겠다.

고난도 그럴 필요 없어요. 동의를 받고 녹음을 했으니까.

피타고X 녹음을 했다고?

피타고X는 고개를 갸웃하더니 이마를 찡그렸다.

피타고X	거짓말이구나!
고난도	둔하시네.
피타고X	이것들이….

그러나 피타고X가 조치를 취하기도 전에 황금비는 유리창을 깨고 스카프에서 뽑은 실을 밖으로 던져 전선 세 가닥을 모두 묶어 버렸다. 비행선들은 빠르게 위로 치솟았다. 탈출을 못 하게 막으려는 의도였다. 그러나 고난도와 황금비는 비행선보다 빠르게 반응했다. 황금비와 고난도는 창문 유리를 깨고 밖으로 뛰어내렸다. 황금비가 곧바로 4원소에 담긴 힘을 발동했다. 주변을 공기로 감싸서 떨어지는 속도를 줄였다. 고난도는 아이템팔찌에서 케이크를 꺼낸 뒤 두 조각으로 나눠서 황금비와 나눠 먹었다. 고난도가 갖고 있던 케이크는 모두 소진되었다. 버스를 끌고 위로 오르려던 비행선은 방향을 바꿔 아래로 내려왔다. 그러나 전선으로 한 데 묶인 탓에 제대로 비행을 못 했다. 워낙 가까운 거리라 빠르게 비행했다가는 서로 충돌할 가능성이 있었기 때문이다. 그런데도 비행선은 포기하지 않고 떨어지는 고난도와 황금비를 추격했다. 멀리 공연장이 보였다. 공연장은 지상 $100m$ 지점에서 잠깐 멈춘 뒤 아주 천천히 하강하는 중이었다. 황금비와 고난도는 공연장 옆을 향해 떨어졌고, 비행선은 그 둘을 바짝 쫓았다. 버스가 고난도와 황금비 머리 위로 다가오자 비행선 아래로 총구가 나왔다.

고난도   공기를 깨뜨려. 자유 낙하하자.

황금비는 공기의 힘을 거둬들였고, 둘은 빠르게 자유 낙하했다. 아슬아슬하게 총알에 맞지는 않았다. 그러나 안타깝게도 4원소 힘이 담긴 정다면체들은 회수하지 못했고, 정다면체는 총격으로 산산이 깨져 버렸다.

비행선은 바닥으로 추락하는 고난도와 황금비를 뒤쫓지 않았다. 포기는 아니었다. 비행선 세 대에서 일제히 기둥이 솟아났다. 기둥 아래에 미사일이 세 개씩 달려 있었다. 미사일은 고난도와 황금비가 떨어지는 예상 지점을 겨냥했다. 미사일에 보라색 빛이 들어왔다.

슈우웅~~~~ 쾅~!

누구도 예상치 못한 일이었다. 하늘이 붉은빛으로 달아오르더니 거대한 폭발음이 울리고 수백 개나 되는 바위가 사방으로 분출했다. 화산이 폭발한 것이다. 바위는 우박처럼 주변으로 날아갔는데 비행선이 떠 있는 곳도 예외가 아니었다. 비행선은 쏟아지는 바위를 피하려고 했지만 서로 묶여 있는 바람에 뜻하는 대로 피하지 못했다. 바위 하나가 비행선을 강타했고, 발사를 준비하던 미사일이 터졌다. 폭발력으로 한 비행선이 튕겨 나가자 다른 두 대도 균형을 잃고 끌려갔다. 잇달아 날아온 바위가 다른 비행선도 강타했다. 또다시 미사일이 폭발했다. 비행선 세 대는 반은 부서진 채 튕겨 나갔는데 하필이면 그 방향이 지상에 거의 다 내려선 공연장 쪽이었다.

공연장은 지상에서 $30m$ 지점에서 천천히 착륙을 준비 중이었는데, 비행선 파편이 공연장 옆을 때리고 말았다. 다행히 공연장을 감싼 벽은 타격을 입지 않았지만, 추진체 수십 개가 한꺼번에 부서지고 말았다. 추진체 일부가 망가지자 공연장은 균형을 잃고 급격히 흔들리며 옆으로 비스듬히 움직였다. 일단 방향이 뒤틀리자 추진체는 출력이 제대로 조절이 안 되었고, 공연장은 마구 흔들리며 바위로 둘러싸인 착륙 예정지를 벗어나 지그재그로 날아갔다. 만약에 곳곳에 치솟은 거대한 바위산에 부딪히기라도 하면 공연장은 큰 충격을 받아 부서질 수밖에 없었다. 위험천만한 상황을 몇 번 겪었지만 다행히 공연장은 바위산에 부딪히지 않고 먼 데까지 날아간 뒤에 모래밭에 떨어졌다. 모래밭에 떨어진 공연장은 그 자리에 멈춰 있지 않고 서서히 움직였다. 추진체 때문은 아니었다. 추진체는 모두 정지한 상태였다. 공연장을 움직이게 하는 힘은 바로 모래였다. 공연장이 떨어진 곳은 모래가 물처럼 흐르는 강, 모래강이었다.

한편, 지상에 추락한 고난도와 황금비는 케이크 보호력 덕분에 무사히 살아남았다. 화산에서 날아온 바위에도 다치지 않았다. 자룡이가 하늘로 날아올라서 공연장이 있는 곳을 찾았다. 자룡이가 공연장이 있는 곳을 말해 주자 황금비가 신음을 흘렸다.

황금비   모래강이야. 모래강 끝은 모든 것을 집어삼키는 블랙홀 같은 곳이야. 전투행성에 남은 쓰레기와 파편들을 제거하는 블랙

홀. 그곳으로 빨려 들면 그냥 사멸이야. 아무것도 남지 않는
사멸.

고난도　　빨리 가자. 구해야지.

황금비　　그게 만만치 않아. 저기까지 가는 데는….

고난도　　어려워도 해야지.

황금비　　그래. 당연히… 그래야겠지.

황금비는 아이템팔찌에서 권총을 꺼냈다. 차디찬 금속 손잡이 느낌이
팽팽한 긴장감과 활기를 일으켰다. 황금비가 앞장서고 고난도와 자롱이
가 바짝 뒤를 따라갔다. 공연장을 향해 다가가는데 큰 바위 옆에 부서진
우주버스 한 대가 보였다. 형체를 알아보기 힘들 만큼 처참하게 부서졌지
만 우주버스가 분명했다.

고난도　　저건 너클리드와 비례요정을 가둬서 내쫓았던 버스야.

황금비　　혹시 비례요정이 레이더에 잡혀?

고난도　　가까이 오면 신호가 자동으로 울릴 거야.

황금비　　그들이 소멸했을까?

고난도　　그들이 어떤 능력자인지 잘 알잖아.

바위를 도니 원래 공연장이 내려설 자리가 나타났다. 부서진 추진체
조각과 비행선 파편이 곳곳에 널려 있었다. 거대한 공연장이 내려서기에

적절할 만큼 공간은 넓었고 한 지점에서 전체를 관찰하기도 쉬웠다. 파편이 널린 곳에 화산에서 분출된 바위 하나가 박혀 있었다. 다른 데는 다 보이지만 바위 뒤는 보이지 않았는데 살짝 다가가니 발이 하나 보였다. 황금비가 권총을 겨냥했다. 발이 꿈틀거리더니 바위 뒤에서 옷을 탈탈 털며 한 아바타가 나타났다. 흰색 반소매 상의에 검은색 반바지를 입고, 신발조차 걸치지 않는 원시 형태 아바타, 바로 제곱복근이었다.

제곱복근   어, 너희들이네. 반가워.
고난도   이게 어떻게 된 일이죠? 당신이 여기에 어떻게….
제곱복근   작은 비행선을 타고 여행 중이었는데 갑자기 화산이 터지는
          바람에 추락했어.

선뜻 믿기지 않았지만, 거짓인지 진실인지 따져 물을 여유는 없었다.

제곱복근   그나저나 너희들은 여기 어쩐 일이냐?

황금비는 우주유람선에 공연 구경을 갔다가 사고가 났고, 구형 공연장에 일만 명이나 되는 아바타가 고립되어 위험한 상황에 놓여 있다고 설명했다. 피타고X나 기획사 측이 꾸민 음모에 대해서는 언급하지 않았다.

제곱복근   모래강이라면 무척 위험한데…. 그럼 나도 힘껏 돕도록 하지.

제곱복근은 예전보다 더 강해 보이는 복근과 근육을 뽐내며 성큼성큼 앞장서 나갔다. 걸음걸이에는 머뭇거림이나 걱정 따위는 전혀 없었다. 세 걸음 뒤에서 황금비와 고난도가 주위를 경계하며 따라갔다. 거침없이 걸어가던 제곱복근이 우뚝 멈춰 서더니 주위를 경계했다.

제곱복근   이 스산한 기운은 도대체 뭐지?

황금비와 고난도도 제곱복근이 느낀 그 스산함을 느꼈기에 재빨리 몸을 돌려 주변을 경계했다. 으스스한 기운이 흙먼지처럼 푸석푸석하게 바위 바닥을 타고 번졌다.

고난도   저기 바위가… 갈라지고 있어.

아바타 몸집보다 다섯 배나 더 큰 바위에 금이 가더니 달걀 껍데기가 부서지듯 쪼개졌다. 푸석푸석한 흙먼지가 바위 안에서 사악한 악취와 함께 주변을 짓눌렀다. 뿌연 먼지 속에서 두 팔을 늘어뜨리고 머리는 산발을 한 채 살갖은 푸르스름하고 눈은 핏빛으로 물든 귀신같은 아바타가 모습을 드러냈다.

고난도   저 모습은… 좀비잖아.
황금비   〈악몽의 바위사막〉에 숨어 사는 괴물 가운데 하나야.

황금비는 권총을 재빨리 집어넣더니 은색 검을 꺼내서 양손에 움켜쥐었다.

고난도 　아니 총은 왜 집어넣어? 총을 쏴야지?

황금비 　좀비를 죽이려면 특수탄환이 필요한데 지금 나한테는 없어. 현재 내가 가진 아이템 중에서는 이 은색 검이 유일하게 좀비에게 통해.

황금비는 검 하나는 몸에 바짝 붙이고, 다른 하나는 좀비를 겨냥한 채 한 걸음 앞으로 나아갔다. 그때 제곱복근이 황금비를 막아섰다.

제곱복근 　저건 그냥 좀비가 아니야.

황금비 　그냥 좀비가 아니라뇨? 저 형상은 완벽한 좀비예요.

제곱복근 　저건 '메좀비'다. 너도 알겠지만, 그냥 좀비는 이 〈악몽의 바위사막〉 구역을 절대 벗어날 수 없어. 좀비에 물린 아바타도 일정 기간만 좀비처럼 행동할 뿐이야. 그렇지만 저 '메좀비'는 차원이 달라.

황금비 　메좀비가 보통 좀비와 뭐가 다른데요?

제곱복근 　메좀비에 감염된 아바타는 소멸하지 않고 새로운 아바타를 또 감염시켜. 좀비 영화에 나오는 그 좀비처럼 메타버스를 떠돌며 걸려드는 아바타를 모조리 자신과 같은 메좀비로 만들지. 메타버스를 위협하는 가장 위험한 존재야.

고난도   저도 한 번 들어 봤어요. 일단 메좀비에 물리면 사용자가 아바타 통제권을 완전히 잃게 되는데 통제권을 잃은 채 한동안 메타버스를 자기 멋대로 돌아다니다가 접속이 끊어진다고 했어요. 접속이 끊어지면 사용자는 아바타 개인보관함까지 완전히 상실하고, 그 아바타를 잃어버리게 된대요. 그 아바타는 유령처럼 메타버스를 떠돌다가 소멸한다고 했어요. 그때는 잠깐 괴담처럼 퍼지다가 거짓 뉴스로 결론이 나고 끝났죠.

제곱복근   소멸하긴 했지만 메좀비는 거짓 뉴스가 아니었어. 내 느낌이지만 저 메좀비는 소문으로 듣던 메좀비보다 훨씬 강력하고 사악한 느낌이 들어.

황금비   이곳에서 얼마 뒤에 좀비 대전이 열리는데… 설마 피타고X가 그걸 노리고….

제곱복근   피타고X라니… 그게 누구지?

황금비는 제곱복근에게 피타고X에 대해 말해야 할지 말지 고민했다. 그러나 고민을 더는 이어갈 수 없었다. 메좀비가 시뻘건 입을 드러내며 다가왔기 때문이다.

※ 이야기는 수학탐정단 시리즈 4권(중학교 2학년 2학기 수학)으로 이어집니다.

[십대들의 힐링캠프®] 시리즈는 대한민국 10대들의 삶을 담은 소설입니다!

No.01 박기복 글
나는 밥 먹으러 학교에 간다

No.02 박기복 글
일부러 한 거짓말은 아니었어

No.03 박기복 글
우리 학교에 마녀가 있다

No.04 박기복 글
소녀, 사랑에 말을 걸다

No.05 박기복 글
소년 프로파일러와 죽음의 교실

No.06 박기복 글
동양고전 철학자들, 셜록 홈즈가 되다

No.07 이서윤 글
수상한 고물상, 행복을 팝니다

No.08 박기복 글
뉴턴 살인미수 사건과 과학의 탄생

No.09 박기복 글
신화 사냥꾼과 비밀의 세계

No.10 박기복 글
내 꿈은 9급 공무원

No.13 박기복 글
토론의 여왕과 사춘기 로맨스

No.14 박기복 글
사랑해 불량아들, 미안해 꼰대아빠

No.15 박기복 글
떡볶이를 두고, 방정식을 먹다

No.16 박기복 글
수상한 기숙사의 치킨게임

No.17 박기복 글
소년 프로파일러와 여중생 실종사건

No.18 이선이 글
난 밥 먹다가도 화가 난다

No.19 박기복 글
라면 먹고 힘내

No.20 박기복 글
빅데이터 소년과 여중생 김효정

No.21 박기복 글
고양이 미르의 자존감 선물

No.22 박기복 글
수상한 과학실, 빵을 탐하다

No.23 박기복 글
수상한 학교, 평등을 팝니다

No.24 이선이 글
수상한 여중생들의 진실게임

No.25 박기복 글
수상한 유튜버, 호기심을 팝니다

No.26 김영권 글
수상한 선감학원과 삐에로의 눈물

No.27 박기복 글
수상한 휴대폰, 학생자치법정에 서다

No.28 이마리 글
대장간 소녀와 수상한 추격자들

No.29 박기복 글
수상한 중학생들의 착한 연대

No.30 조욱 글
수상한 안경점

No.31 박기복 글
소년 프로파일러와 기숙학원 테러사건

No.32 박기복 글
수상한 소년들 난민과 통하다

No.33 이마리 글
동학 소년과 녹두꽃

No.34 김영권 글
수상한 형제복지원과 비밀결사대

No.35 애란 글
수상한 연애담

No.36 박기복 글
달콤한 파자마파티, 비밀은 없다

No.37 박기복 글
촛불소녀, 청년 전태일을 만나다

No.38 표혜빈 글
수상한 상담실, 비밀을 부탁해

No.39 김수정 글
감정을 파는 소년

No.40 박기복 글
수학탐정단과 메타버스 실종사건

No.41 조욱 글
수상한 회장선거

No.42 박기복 글
수학탐정단과 도형의 개념

No.43 김영권 글
소년 비밀요원과 공동경비구역

No.44 전상현 글
수상한 친구들

No.45 박기복 글
수학탐정단과 방정식의 개념

수학탐정단과 방정식의 개념